Die Frau i

Lou Andreas-Salomé

Fenitschka
Eine Ausschweifung

Neu herausgegeben und
mit einem Nachwort versehen
von Ernst Pfeiffer

Ullstein

Die Frau in der Literatur
Ullstein Buch Nr. 30315
im Verlag Ullstein GmbH,
Frankfurt/M – Berlin

Neu durchgesehene, ungekürzte Ausgabe

Umschlagentwurf:
Theodor Bayer-Eynck
unter Verwendung eines Fotos
von der Autorin
© Archiv für Kunst und Geschichte, Berlin
Alle Rechte vorbehalten
Taschenbuchausgabe 1983
auf der Grundlage der 1. Ausgabe
im Verlag der Cotta'schen Buchhandlung, 1898
© dieser Ausgabe 1982 by Verlag Ullstein GmbH
Frankfurt/M – Berlin
Printed in Germany 1993
Druck und Verarbeitung:
Ebner Ulm
ISBN 3 548 30315 3

August 1993
Gedruckt auf Papier
mit chlorfrei
gebleichtem Zellstoff

Die Deutsche Bibliothek – CIP-Einheitsaufnahme

Andreas-Salomé, Lou:
Fenitschka. Eine Ausschweifung. 2 Erzählungen /
Lou Andreas-Salomé. Neu hrsg. und
mit einem Nachw. vers. von Ernst Pfeiffer. –
Neu durchges., ungekürzte Ausg., Taschenbuchausg. –
Frankfurt/M; Berlin: Ullstein, 1993
(Ullstein-Buch; Nr. 30315: Die Frau in der Literatur)
Früher als: Ullstein-Buch; Nr. 30140
ISBN 3-548-30315-3
NE: Pfeiffer, Ernst [Hrsg.];
Andreas-Salomé, Lou: [Sammlung]; GT

Fenitschka

Es war im September, der stillsten Zeit des Pariser Lebens. Die vornehme Welt steckte in den Seebädern, die Fremden wurden scharenweise von der drückenden Hitze vertrieben. Trotzdem drängte sich an den schwülen Abenden auf den Boulevards eine so vielköpfige Menge, daß sie der Hochsaison jeder andern Stadt immer noch genügt hätte.

Max Werner flanierte nach Mitternacht über den Boulevard St. Michel, als er in eine kleine Gesellschaft ihm bekannter Familien hineingeriet. Sie hatten mit durchreisenden Freunden ein Theater besucht und wollten nun diesen Herren und Damen ein wenig »Paris bei Nacht« zeigen, — nämlich erst in einem charakteristischen Nachtcafé des Quartier Latin einkehren und dann, im Morgengrauen, um die Stunde, wo die Stadt schläft, den interessanten Trubel bei den Hallen betrachten, wenn der verödete Platz sich mit den Marktleuten belebt, die ihre Waren vom Lande einfahren und sie ausbreiten.

Nach einigem Zögern und Schwanken von seiten der Damen entschied man sich für das Café Darcourt, das um diese Stunde schon überfüllt war mit den Grisetten und Studenten des Quartier, und besetzte ein paar der kleinen Marmortische draußen, die auf dem Trottoir, mitten unter den Passanten, an den weitgeöffneten, hellerleuchteten Fenstern entlang standen.

Max Werner kam neben eine junge Russin zu sitzen, die er zum erstenmal sah, — ihren langklingenden Namen überhörte er bei der Vorstellung, doch wurde sie von den anderen einfach als »Fenia« oder »Fénitschka« angeredet. In ihrem schwarzen nonnenhaften Kleidchen, das fast drollig unpariserisch ihre mittelgroße ganz unauffällige Gestalt umschloß und eine beliebte Tracht vieler Züricher Studentinnen sein sollte, machte sie zunächst auf ihn keinerlei besonderen Eindruck. Er musterte sie nur näher, weil ihn im Grunde alle Frauen ein wenig interessierten, wenn nicht den Mann, dann mindestens den Menschen in ihm, der seit einem Jahre doktoriert hatte und nun ein brennendes Verlangen besaß, in der Welt der Wirklichkeit praktisch Psychologie zu lernen, ehe er von einem Katheder herab welche las: was ihm einstweilen noch keine begehrenswerte Zukunft schien.

An Fenia fielen ihm nur die intelligenten braunen Augen auf, die jeden Gegenstand eigentümlich seelenoffen und klar — und jeden Menschen wie einen Gegenstand — anschauten, sowie der slawische Schnitt des Gesichtes mit der kurzen Nase: einer von Max Werners Lieblingsnasen, die da vernünftigen Platz zum Kusse lassen, — was eine Nase doch gewiß tun soll.

Aber dieses gradezu blaß gearbeitete, von Geistesanstrengungen zeugende Gesicht forderte so gar nicht zum Küssen auf.

Anfangs sprachen sie kaum miteinander, denn im Innern des Lokals, neben demselben Fenster, an dessen Außenseite sie saßen, spielte sich eine erregte Szene ab, die aller Aufmerksamkeit auf sich zog. Dort befanden sich zwei Pärchen am Tisch, die ihre Unterhaltung mit Scherzreden und Neckereien begannen und damit endeten, sich fürchterlich zu zanken.

Das eine der beiden Mädchen — wenig schön und am Verblühen, aber trotzdem ein unverwüstlich graziöses Pariser Köpfchen — wurde schließlich vom Gegenpaar mit einer Flut häßlicher Schmähreden überschüttet, ohne daß ihr eigener Begleiter ihr auch nur im mindesten beigestanden hätte. Vielmehr stimmte er bei jedem erneuten Angriff johlend in das brutale Gelächter der beiden andern ein, das sich bald auch auf die benachbarten Tische fortpflanzte, wo neben den erhitzten halbbezechten Männern die geputzten Genossinnen des mißhandelten Geschöpfs mit lärmender Schadenfreude ihre Konkurrentin niederjubelten.

Durch die schwere, dumpfe, vom Tabakrauch und vom Dunst der Menschen, Gasflammen und Getränke erfüllte Luft des Lokals schallten die rohen Stimmen laut bis zu dem Tisch draußen hinüber, an dem es ganz still geworden war. Auf den Gesichtern der Damen prägten sich deutlich Mitleid, Ekel, Entrüstung und eine gewisse Verlegenheit darüber aus, einer solchen Situation beizuwohnen; eine von ihnen knüpfte furchtsam ihren Schleier fester. Niemand aber war so benommen von dem, was er sah, wie Fenia.

Sie hatte von allem Anfang an mit sachlichem Interesse um sich geblickt, jede Einzelheit, die ihr auffiel, mit großer Unbefangenheit beobachtet. Jetzt aber wurde sie ganz sichtlich von einer so intensiven Anteilnahme erfüllt, daß sie zuletzt, — offenbar ganz unwill-

8

kürlich, wie außerstande länger passiv zu verharren, — sich langsam erhob und die eine Hand gegen die Lärmenden ausstreckte, als müsse sie eingreifen oder Halt gebieten. Im selben Augenblick ward sie sich ihrer spontanen Bewegung bewußt, hielt sich zurück und errötete stark, wodurch sie plötzlich ganz lieb und kindlich und ein wenig hilflos aussah.

Während sie aber so dastand, traf ihr Blick den der Grisette, die in ihrer Ratlosigkeit und Verlassenheit angefangen hatte zu weinen, so daß große Tränen ihr über die heißen geschminkten Wangen rollten und ihre Lippen sich konvulsivisch verzogen. Unter dem langen, eigentümlichen Blick, den sie mit Fenia austauschte, veränderte sich der Ausdruck des weinenden Gesichts; von Fenias Augen schien eine Hilfe, eine Liebkosung, eine Aufrichtung auszugehn, etwas, was die Einsamkeit dieses getretenen Geschöpfes aufhob. Man konnte vom Tisch aus deutlich den Stimmungswechsel auf ihren Zügen verfolgen, denn sie saß fast grade gegenüber am Fenster. Ein Danken, Staunen, Nachsinnen, — ein momentanes Taubwerden für ihre lärmende Umgebung und deren Schmähreden ließ ihre Tränen versiegen, und sie achtete kaum noch darauf, daß das Paar neben ihr sich erhob, um fortzugehn, und auch ihr Begleiter seinen schäbigen Zylinder vom Wandhaken abhob.

Da stieß er sie brutal mit dem Ellenbogen an und forderte sie auf, sich zu beeilen.

Sie schüttelte den Kopf und erwiderte einige Worte im Pariser Argot, die man draußen nicht deutlich vernehmen konnte, die aber eine äußerst deutliche Gebärde der Geringschätzung und Ablehnung begleitete. Er machte eine verdutzte Miene und rief dadurch neues Gelächter hervor. Diesmal jedoch galt es ihm, dem Geprellten, der mit wütendem Gesicht das Lokal verließ.

Das Mädchen nahm ihr fadenscheiniges Seidenmäntelchen von der Stuhllehne, hing es um und schaute dabei mit einem stolzen und leuchtenden Blick zu Fenia hinüber, die unbeweglich stehn geblieben war, — eine ganz wunderlich ernste, ergriffene Gestalt inmitten der verschleierten Damen und der buntgekleideten, lachenden Dämchen umher.

Gleich darauf sah man ihren Schützling aus der Tür treten und am Tisch vorüberkommen. Aber da geschah etwas allen ganz

Unerwartetes: denn neben Fenia blieb das Mädel stehn, öffnete die Lippen, wie um sie anzusprechen, und plötzlich, mit einer impulsiven Bewegung, deren Natürlichkeit eine mit sich fortreißende Anmut besaß, streckte sie Fenia beide Hände entgegen.

Diese ergriff die dargebotenen Hände und schüttelte sie mit herzhaftem Druck. Einige Augenblicke lang standen sie da und lächelten einander an wie Schwestern, während alle verblüfft, interessiert, amüsiert um die beiden herum saßen. Dann entfernte sich das Mädchen mit einer Kopfneigung gegen die andern und verschwand im vorüberhastenden Menschenstrom.

Man lachte über das kleine Drama, man scherzte über Fenias »Erfolg« und neckte sie nicht wenig. Sie selbst war sehr einsilbig geworden.

Eine der Damen mißverstand ihren ernsthaften Gesichtsausdruck und bemerkte:

»Ja, chérie, eine ziemlich unerbetene und unbequeme Freundschaft! Sie könnte Ihnen eines schönen Tages recht peinlich werden, wenn dies Wesen Sie irgendwo auf der Straße wiedertrifft und Sie auf das intimste begrüßt, — zur Überraschung derer, die vielleicht mit Ihnen gehen.«

»Das brauchen Sie nicht zu befürchten«, widersprach Max Werner rasch, »ich wette darauf, daß dieses Mädchen ohne merkbaren Gruß an Ihnen vorübergehen wird, falls es Ihnen je begegnet. Anderswo würden Sie vielleicht von ihrer Dankbarkeit verfolgt werden, — die Französin würde es für eine schlechte Dankbarkeit halten, Sie eventuell dadurch zu kompromittieren. Das ist der französische Takt, — der Takt einer alten Kultur, die allmählich bis in alle Schichten eines Volkes durchdringt und ihm seine fast instinktive Intelligenz gibt.«

»Ich würde sie aber gern wiedersehen!« sagte Fenia leise.

»Um was zu tun?«

»Ich weiß es nicht. Aber was mich vorhin so entsetzte, das war das Gefühl, als ob diese Mädchen gleichmäßig sowohl von den Männern wie von den Genossinnen preisgegeben würden, — als ob sie gradezu wie in Feindesland lebten. — Ich habe noch nie so viel höhnische Verachtung gesehen wie in den Mienen der Männer, — so viel höhnische Schadenfreude wie in den Blicken der andern Mädchen. — Und das ist hier im Lokal, wo sie sozusagen bei sich ist, unter den Ihrigen. — Außerhalb nun erst! — O ich denke mir, ein solches armes Ding muß nach einer freundlichen, einfach menschlichen Berührung lechzen.«

»Das ist richtig. Manchmal sind sie sehr dankbar dafür. Ich hab es mitunter auch schon bestätigt gefunden.«

»Sie?« Fenia heftete voll Interesse ihre hellbraunen Augen auf ihn. Sie war ganz und gar bei der Sache.

»Warum nicht ich?«

»Weil ich mir vorstelle, daß solche Mädchen einem jeden Mann mit Mißtrauen begegnen, — müssen sie nicht annehmen, er wolle von ihnen etwas ganz andres als ihr Vertrauen?«

»Donnerwetter!« dachte er und sah sich Fenia genauer an. Dieser Grad von Unbefangenheit, womit sie über so heikle Dinge mit einem ihr ganz fremden Manne sprach, hier, in Paris, in der Nacht, in diesem Café, — und dabei ein Ausdruck in ihren Mienen, als unterhielten sie sich über fremdländische Käfer.

Waren Grisetten, junge Männer, Nachtcafés und Liebesabenteuer ihr wirklich dermaßen fremdländische Käfer?

»Diese Annahme würde ihr Vertrauen dem Manne gegenüber vermutlich gar nicht beeinträchtigen«, entgegnete er inzwischen Fenia auf ihre Frage, »denn daß er neben seiner menschlichen Anteilnahme vielleicht auch von ihnen als — als Frauen etwas empfangen will, das halten sie für ganz natürlich. Das Gegenteil würde wohl gar ihre Eitelkeit kränken und keinesfalls ihr Selbstbewußtsein heben.«

Er blickte bei seinen Worten um sich, ob der kleinen Gesellschaft, die längst zu andern Gesprächsstoffen übergegangen war, die Unterhaltung vernehmbar sei, und beugte sich näher zu Fenia, um mit gedämpfterer Stimme fortfahren zu können.

»Es ist auch gar nicht so verwunderlich, wie es Ihnen vielleicht scheint«, bemerkte er, »denn Sie dürfen nicht vergessen, daß es sich dabei nur um eine diesen Wesen ganz geläufige Verkehrsform handelt, — um eine so gewohnte und geläufige, daß sie in ihr unwillkürlich alles und jedes zum Ausdruck bringen, auch Seelenregungen der Freundschaft, Dankbarkeit oder Sympathie, die in die sinnliche Äußerungsform nicht genau hineinpassen. Es ist eben ihre Art von Sprache geworden.«

Auch die vertrauliche Nähe, in der er das zu Fenia sagte und sie

Nebenerwerb, Stundengeben und Übersetzungen aller Art hartnäckig fortsetzte. In Zürich schien sie mit lauter ihr befreundeten Männern zusammen zu studieren, — einer von ihnen hatte sie in den Herbstferien auch hierher, nach Paris, begleitet, war dann aber nach Rußland abgereist.

Kam daher dieser merkwürdig schwesterliche, geschlechtslose Anstrich, den sie sich gab, als gäbe es für sie auf der Welt nur lauter Brüder? Oder war es nicht viel wahrscheinlicher, daß dies unendlich unbefangene Betragen nur den äußeren Deckmantel abgab für ein ganz freies Leben? Sie mußte doch schon recht viel von der Welt und den Menschen kennen — mehr als eines der wohlbehüteten jungen Mädchen unsrer Kreise.

Immer wieder schweiften seine Augen und seine Gedanken zu ihr hinüber, von der er argwöhnte, sie halte sich eine höchst kluge und gelungene Maske vor. Steckte nicht hinter diesem Nonnenkleidchen, das unter den andern Toiletten fast auffiel, etwas recht Leichtgeschürztes, — hinter diesem offenen, durchgeistigten Gesicht nicht etwas Sinnenheißes, worüber sich nur ein Tölpel täuschen ließ? — Spielte nur seine eigene Phantasie ihm einen Streich, oder erinnerte Fenia nicht an die Magerkeit, Geistigkeit und stilisierte Einfachheit einer modern präraphaelitischen Gestalt, die so keusch ausschauen will und doch geheimnisvoll umblüht wird von verräterisch farbenheißen, seltsam berauschenden Blumen — —?

Jedenfalls ging etwas Aufregendes von Fenia über ihn aus und reizte ihn stark, trotz der Abneigung, die ihm damals jede studierende oder gelehrte Frau einzuflößen pflegte. Ja, er nahm's fast als Beweis, daß Fenia nur zum Schein eine solche sei —.

Beim Verlassen des Restaurants wurde noch der Vorschlag laut, die lange Nachtschwärmerei mit einer Fahrt in den Bois de Boulogne abzuschließen, aber ein vielstimmiges Gähnen protestierte dagegen. Übrigens ließ sich auch an keiner Straßenecke ein Fiaker blicken. Endlich entschloß man sich, zu Fuß den Heimweg anzutreten, jeder Herr begleitete eine der Damen nach Hause, und Max Werner gelang es, Fenia auf seinen Anteil zu bekommen.

Schon drang die Sonne durch den Morgennebel und übergoß Paris mit jenem köstlichen Frührotschein, den die feuchte Luft über den Ufern der Seine erzeugt.

»Das ist ganz herrlich!« rief Fenia und blieb mitten auf der Straße stehn, setzte aber sogleich sehr prosaisch hinzu:

»Wenn ich jetzt eine Tasse starken Kaffee bekommen könnte! Dann brauchte ich mich zu Hause nicht erst niederzulegen, und der Tag wäre nicht verloren.«

»Sie sehen nicht müde aus, sondern ganz wunderbar kläräugig«, bemerkte er und sah sie an, »es wird Ihnen offenbar leicht, eine Nacht nicht auszuruhen.«

Sie nickte.

»Ich bin's gewöhnt«, sagte sie, »ich habe vorzugsweise nachts bei den Büchern gesessen. Wenn's um einen her so still ist —«

»Das klingt doch wirklich rein wahnsinnig, wenn man ein junges Mädchen so etwas sagen hört«, erwiderte er fast gereizt, denn es mißfiel ihm heftig, »ich, so wie ich hier stehe, bin eben erst der Bücherstudiererei entlaufen wie dem ärgsten aller Frondienste. Und Sie — ein Weib — spannen sich freiwillig hinein.«

»Warum soll denn das ein Frondienst sein?« sie blickte erstaunt auf — »das, was unsern Gesichtskreis erweitert, uns das Leben aufschließt, uns selbständig macht —? Nein, wenn irgendwas in der Welt einer Befreiung gleicht, so ist es das Geistesstudium.«

»Sie ist imstande und benutzt diesen Heimweg, — mitten auf der Straße, im Morgennebel, — zu einem philosophischen Disput über den Wert des Geistesstudiums für das Leben!« dachte er fast erbittert und entgegnete im Brustton seiner festesten Überzeugung:

»Aber, mein Fräulein! da irren Sie sich nun wirklich! Es ist im Gegenteil das Beschränkendste, Einschränkendste, was es auf der Welt gibt! Und eigentlich versteht sich das ja von selbst. Die Wissenschaft führt an der Wirklichkeit des Lebens, mit all seinen Farben, all seiner Fülle, seiner widerspruchsvollen Mannigfaltigkeit, völlig vorbei, — sie erhascht von alledem nur eine ganz blasse, dünne Silhouette. Je reiner, je strenger und sicherer ihre Erkenntnismethoden sind, desto bewußter und größer dann auch ihr Verzicht auf das volle, das wirkliche Erfassen selbst des kleinsten Lebensstückchens. — — Deshalb ist der Wissenschafter, der ihr dient, an so viel Selbstkasteiung gebunden, an so viel bloße Schreibtischexistenz und geistige Bleichsucht.«

Während er redete, überlegte er sich zugleich, daß der Weg bis zu

Fenias Hotel sehr kurz sei, und machte deshalb auf alle Fälle einen Umweg, obwohl der Himmel sich bezog. Sie bemerkte auch gar nichts davon, weder von der Himmelstrübung noch vom Umweg.

»Für uns Frauen, — für uns, die wir erst seit so kurzem studieren dürfen, ist es durchaus nicht so, wie Sie da sagen«, widersprach sie, ganz eingenommen von ihrer Sache; »für uns bedeutet es keine Askese und keine Schreibtischexistenz. Wie sollte das auch möglich sein! Wir treten ja damit nun grade mitten in den Kampf hinein, — um unsre Freiheit, um unsre Rechte, — mitten hinein in das Leben! Wer von uns sich dem Studium hingibt, tut es nicht nur mit dem Kopf, mit der Intelligenz, sondern mit dem ganzen Willen, dem ganzen Menschen! Er erobert nicht nur Wissen, sondern ein Stück Leben voll von Gemütsbewegungen. Was Sie von der Wissenschaft sagen, klingt so, als sei sie nur noch die geeignetste Beschäftigung für Greise, für abgelebte Menschen. Aber vielleicht seid nur ihr greisenhaft. Bei uns begeistert sie die Starken, die Jungen, die Frischen!«

»Ja, wissen Sie denn, was das beweisen würde, wenn es wirklich so ist?« fragte er ärgerlich und studierte dabei mit verliebtem Wohlgefallen den Ansatz des braunen Haares an ihren Schläfen, der eine reizende kleine Linie bildete; »es beweist einfach, daß Ihr Geschlecht zurück ist, daß es da lebt, wo wir vor Jahrhunderten standen. Etwa da, wo wir für jede wissenschaftliche Erkenntnis auf den Scheiterhaufen gerieten, oder mindestens in öffentlichen Verruf. Damals hatte allerdings das Leben für die Wissenschaft noch etwas verdammt Charakterstählendes und zog die ganze Existenz eines Menschen in die abstraktesten Erkenntnisfragen hinein. Aber solange das so ist, ist auch die feinste geistige Kultur noch nicht möglich, — die Kultur von heute, die *über* den Dingen schwebt, — und von der die Frauen nichts wissen, wenn sie studieren.«

»Aber wenn sie nicht studieren?« fragte sie spottend.

»Jawohl. Dann bekommen sie durch den Mann eine Ahnung davon.«

»Bitte, — wo sind wir?« unterbrach ihn Fenia und blieb stehn.

»Werden Sie nicht böse! Im Eifer des Gefechts sind wir von der kürzesten Heimweglinie abgewichen. — — Aber ich wußte wohl: hier muß schon ein kleines Lokal offen sein, wo Sie Kaffee bekommen können«, fügte er schnell hinzu und führte sie ein paar

Schritte weiter, — »ich konnte nicht vergessen, daß Sie so schmerzlich nach Kaffee verlangten.«

Das kleine Café, vor dem sie standen, wurde allerdings grade geöffnet. Aber auf so frühe Besucher war es noch keineswegs eingerichtet. Der Besen, der drinnen über die Dielen fuhr, fegte ihnen mächtige Staubwolken entgegen, und die Stühle standen noch friedlich auf die Tische gestülpt da, wie während der Nachtzeit.

»Ich glaube, es ist noch weit nach meinem Hotel«, meinte Fenia bedenklich, — »ist nicht jetzt ein Fiaker —«

»Nach Ihrem Hotel ist es freilich ein wenig weit«, fiel er ihr schnell in die Rede, »aber wenn Sie — — —, ich kann es gar nicht ertragen, daß Sie um den ersehnten Kaffee kommen. Sie müssen jetzt ja noch viel durstiger sein. Ich weiß einen Ort, wo Sie selbst um diese frühe Stunde ganz vorzüglichen bekommen.«

»Wo denn? Ganz nah?«

»Ganz nah. Keine zehn Häuser weit. Denn wir sind hier zwar etwas entfernt von Ihrem Hotel, aber desto näher bei dem meinen. Und meine Hotelwirte sind auf die merkwürdigsten Kaffeestunden eingerichtet. Gehen wir hin. Ich lasse dann von dort einen Fiaker besorgen.«

»Bei mir wird, glaub ich, der Speisesaal nicht so früh aufgemacht«, meinte Fenia etwas verwundert, »aber wenn es so ist — gehen wir meinetwegen.«

Ihre einfache Bereitwilligkeit irritierte ihn beinahe. Die mit ihr durchwachte Nacht hatte seine verliebte Neugier bis zu nervöser Erregung aufgereizt. Wie, wenn er sie gar nicht in den allgemeinen Speisesaal führte? konnte sie denn das wissen? Höchst wahrscheinlich war dieser wirklich noch nicht auf. Aber seine eignen Zimmer lagen daneben.

Eine Art von stiller Wut kam über ihn, seine Unklarheit über dieses Mädchen quälte ihn. War es wohl möglich, daß sie einem wildfremden jungen Menschen so weit entgegenkam, sich ihm so arglos anvertraute, wenn das alles nicht bloßes Raffinement war? Lachte sie etwa im stillen über ihn? Oder von welchem fernen Stern war sie auf das Pariser Pflaster gefallen?

Ach, er war noch sehr jung damals! Die Weiber taxierte er ganz besonders deshalb noch ziemlich falsch, weil er Angst hatte, für einen leichtgläubigen Dummkopf gehalten zu werden. Und was die studierenden Frauen betraf, gegen die er eine solche Abneigung besaß, so mußte er sich gestehen, daß er sie eigentlich noch nicht kannte, denn die Frauen seiner intimeren Bekanntschaft gehörten ganz und gar nicht zu dieser Rasse.

Er führte Fenia in das Hotel garni, wo er wohnte, ließ sie einige Stufen hinaufsteigen und öffnete im breiten Korridor die Tür zu einem Zimmer neben dem Speisesaal.

Es war nicht sein Zimmer, sondern eine momentan unbesetzte große, helle Hinterstube mit Saloneinrichtung, die er zu benutzen pflegte, wenn bei ihm aufgeräumt wurde. Als sie eintraten, kratzte jedoch nebenan sein kleiner weißer Spitz, den er einer alten Straßenverkäuferin abgehandelt hatte, aufgeregt über die lang erwartete Rückkunft seines Herrn, unter leisem Gewinsel an der Tür. Max Werner ließ ihn herein, und er schoß unter freudigstem Wedeln und Bellen auf Fenia und ihn zu, als gehörten sie zusammen.

Fenia war zaudernd stehngeblieben, nicht recht begreifend, wo sie sich hier befand. Sie bückte sich unwillkürlich zu dem Hund nieder, der sich indessen zwischen ihnen hingesetzt hatte und sie befriedigt ansah, richtete sich aber ebenso rasch wieder auf und wollte etwas sagen, als ihr Blick Max Werners Gesicht traf.

Er hatte sie ohne irgendeine klare Absicht hier hereingeführt. Wie sie jedoch nun wirklich dastand, in diesem Zimmer, in dieser völligen Abgeschlossenheit mit ihm allein, in diesem schlafenden Hotel, auf dessen Gängen es noch so totenstill war, daß man hinter den halbgeschlossenen Fensterjalousien das vergnügte Zwitschern eines Spatzen im Hofe hörte, — da, — ja, als Fenia da aufschaute, sah sie ihn zitternd vor Erregung über sie geneigt, ganz nahe über ihrem Gesicht, und im Begriff, sie mit beiden Armen zu umfassen.

Sie schrie nicht auf. Sie zuckte nur zurück, bückte sich schnell, um den Schirm aufzunehmen, der ihr bei der Begrüßung des Hundes entglitten war, und wandte sich zur Tür.

»Wie schade!« sagte sie dabei.

Es entfuhr ihr fast bedauernd, zugleich im Ton außerordentlichen Erstaunens.

Er stand einen Augenblick verdutzt da.

Dann schwoll eine plötzliche Raserei in ihm auf, — ein blinder wütender Drang, ihr nur ja nicht den Willen zu tun, und ohne noch selbst recht zu wissen, was er eigentlich damit bezweckte, stürzte er an ihr vorbei zur Tür, riß den Schlüssel heraus, drehte ihn von innen im Schloß herum und steckte ihn darauf in seine Tasche.

Fenia war wie eine Salzsäule stehngeblieben. Sie war furchtbar erblaßt. Ihre Blicke irrten durch das Zimmer, durch das Fenster in den Hof, wo der Spatz schrie, und blieben dann am hellen Klingelknopf der elektrischen Glocke haften.

Aber konnte sie den Garçon herbeiläuten und sich von ihm zu dieser Stunde in dieser Stube mit dem Fremden finden lassen? — Und in den Hof hinunterspringen konnte sie ja doch auch nicht. —

Sie richtete ihre Augen, tief erschrocken, groß und fragend, auf ihn, grade als frage sie ihn danach, was nun zu tun sei. Einen Augenblick lang war etwas Hilfloses und Hilfeheischendes über ihrer ganzen Gestalt, wie über einem im Wald verirrten Kind. — Aber nur einen Augenblick. Dann siegte ein andres Gefühl. Ihr Blick lief an ihm hinab, und ihre Lippen wölbten sich in einem unaussprechlich beredten Ausdruck des Ekels, — der Verachtung —.

Seine Hand fuhr, ohne daß er es ihr im geringsten anbefohlen hätte, in seine Tasche und zog, ohne sich um den Lümmel zu kümmern, der dumm, rot und wie ein Schulknabe dastand, den Schlüssel heraus. Als aber die Hand Fenia den Schlüssel reichte, begleitete er diese unfreiwillige Gebärde mit einem Gemurmel:

»Ich — vorhin, als ich die Tür zusperrte, da mißverstanden Sie mich, — ich wollte doch nicht etwa, — nein, überhaupt nichts, — ich wollte ja nur, daß Sie nicht in dieser Stimmung fortgehen sollten, — nicht aufgebracht und zornig gegen mich.«

Die seltsame Logik dieser Worte schien ihr nicht einzuleuchten. Ihr Gesicht trug noch immer denselben Ausdruck, der es fast verzerrte, — als säße ihr eine Raupe am Halse und kröche langsam weiter.

Sie ergriff den Schlüssel und ging sehr schnell, ohne ein Wort, aus der Tür.

Er hinterdrein. Hinter ihm der Spitz.

Einen Hut hatte er nicht aufgesetzt, sie wäre ihm entwischt, während er ihn vom Tisch holte. Und er fühlte sich gänzlich unfähig, sie so gehen zu lassen, — auf immer, — ohne ein Wort, — lieber wollte er ihr nachlaufen, — ja das wollte er, — wie ein

verliebter Pudel, — verliebt in diesem Augenblick zum Närrisch-
werden. —

Ganz nah am Hotel standen ein paar Droschken. Die ledernen
Verdecke waren herabgelassen, ein feiner Regen fing an, vom
Himmel niederzurieseln. Im einförmig grauen Morgenlicht haste-
ten ein paar Zeitungsverkäufer, ein verschlafener Bäckerjunge
vorüber. Die Straße entlang klapperte ein Gemüsekarren.

Ehe es Fenia noch gelang, den Kutscher auf seinem Bock
wachzurufen und in den Fiaker einzusteigen, waren sie schon zur
Stelle, Max Werner und der Spitz, letzterer in höchster Aufregung
dazwischenbellend.

»Hören Sie mich an«, sagte er atemlos zu Fenia und half ihr, unter
das Verdeck zu gelangen, »hören Sie mich an! Sehen Sie mich an!
Nein, — sehen Sie mich nicht an«, verbesserte er sich, seines
verwirrten Aussehens, seines hutlosen Kopfes gedenkend, — »aber
Sie sehen ja, daß ich über meine eigne, wahnsinnige Dummheit
außer mir bin! Sagen Sie mir, daß Sie mir verzeihen, — sagen Sie
mir ein Wort, — gehen Sie nicht so, — ich meine: fahren Sie nicht
so.«

Er wußte durchaus nicht mehr, was er eigentlich sagte.

Der Kutscher war schwerfällig vom Bock geklettert, hatte
seinem Pferde den Futtereimer abgehängt, nahm dem Tier die
Schutzdecke vom Rücken und faltete sie bedächtig.

Fenia schaute indessen unter dem Schirmdach des Verdeckes
hervor, in sich zusammengeschmiegt wie eine weiche Katze, und
sah Max Werner ganz groß und ernst an.

»Verzeihen?« wiederholte sie, — »ich will Ihnen noch mehr
sagen: da ist gar nichts zu verzeihen. Denn ich bin ebenso dumm
gewesen wie Sie, indem ich Ihnen folgte, ohne Sie und Ihren
Speisesaal auch nur ein bißchen zu kennen. Ja, das war sehr dumm,
und so sind wir quitt, denn Sie sind auch nur so dumm gewesen,
weil Sie mich nicht kannten. — Wir haben beide dieselbe Entschul-
digung dafür, daß wir es nicht besser wußten. — Denn obgleich ich
so viel unter Männern gewesen bin, sehen Sie, so hat es sich für mich
immer so glücklich getroffen, daß es immer die anständigsten
Männer von der Welt waren. Ja wahrhaftig. Sie sind der erste
unanständige — Mann, den ich —«

Sie brach ab, wie selbst erschrocken über das beleidigende Wort, womit ihre lange Rede abschloß. Der Kutscher war auf den Bock gestiegen, der Gaul zog an, und Fenia drückte sich errötend ins Dunkel des Verdecks, während der Fiaker mit ihr davonrasselte.

Max Werner stand auf dem Straßendamm und fuhr mechanisch, mit düsterem Gesicht, nach seinem Kopf, um den Hut zu lüften, — der nicht darauf saß.

In den darauffolgenden Tagen drängte es ihn sehr, Fenia aufzusuchen oder ihr zu schreiben, doch zauderte er immer wieder und unterließ es. Erst nach längerer Zeit, als er schon mit einigem Humor an seine Eselei zurückdachte, tat er es trotzdem; aber da war Fenia, — Fiona Iwánowna Betjagin hieß sie, — bereits wieder nach Zürich abgereist.

Indessen schien es des Schicksals Wille, daß sie sich wiederfinden sollten, als sie beide längst nicht mehr dran dachten.

Ein Jahr ging hin. Max Werner verbrachte es, nach seiner Rückkehr aus Paris, in der österreichischen Heimat, wo ihn seit einiger Zeit etwas Liebes festhielt und seine Reiselust merklich abschwächte. Da erhielt er eines Tages einen Brief seiner einzigen Schwester, die sich den letzten Monat bei einer nach Rußland verheirateten Freundin auf deren Gut aufgehalten hatte: sie zeigte ihm ihre Verlobung mit einem in der Nähe von Smolensk begüterten Landedelmann an und sandte ihm zugleich einen schönen Gruß von Fiona Iwánowna Betjagin, — einer Verwandten ihres zukünftigen Mannes, die im Auslande studiert und kürzlich promoviert habe.

Tief im Winter, Mitte Januar, reiste Max Werner zur Hochzeit seiner Schwester in die russische Provinz. Dort, auf dem Gut von deren Freunden, wo eine Unmenge fremder Gäste untergebracht waren, sah er mitten im Trubel der festlichen Vorbereitungen Fenia wieder.

Als er sie zuerst erblickte, hätte er sie fast nicht wiedererkannt, obgleich er nicht hätte sagen können, worin die überraschende Veränderung gegen den Pariser Eindruck liegen mochte.

Fenia saß in lässiger Haltung zwischen einigen Bekannten, ihre rechte Hand in träger Gebärde mit der Innenfläche nach oben gekehrt im Schoß, und seltsam festlich und feierlich im leuchtenden Weiß ihres seidenen Kleides. Während sie heiter lachte und sprach, sah sie doch zerstreut aus, als verträumten sich ihre Gedanken ganz woandershin.

Ihre Gestalt schien voller herangeblüht zu sein, in allen ihren Bewegungen lag etwas Weiches, Abgerundetes, was sie nicht besessen hatte und was ihr eine harmonische Schönheit gab. Fenia war schöner geworden, als zu erwarten stand.

Ja, schöner, — doch den beunruhigenden Reiz von damals übte sie nicht mehr auf Max Werner aus, — das Widerspruchsvolle, Geheimnisvolle, was ihn damals an der fremden Studentin anzog und abstieß, schien von ihr abgestreift zu sein, seitdem das Weib, das er so unruhig in ihr gesucht hatte, in ihrem Äußeren voller hervorgetreten war.

Das fühlte er trotz der herzlichen Freude, womit er sich von Fenia bewillkommnet sah. Sie begrüßte in ihm sogleich den neuen Verwandten, und beide lachten sie miteinander über ihren gemeinsamen, verblichenen Pariser »Liebesroman«, der gar so kurz gewesen.

Bei der Hochzeitstafel setzte Fenia ihn neben sich, und sie tranken, zugleich mit vielen andern Paaren, sogar Brüderschaft, an der jedoch nie ordentlich festgehalten wurde. Max Werner fiel der große Ernst auf, womit Fenia ihm alle Einzelheiten und deren Bedeutung während der griechisch-katholischen Trauung, die der protestantischen folgte, zu erklären bemüht war. Ihn interessierten wohl die verschiedenen Zeremonien, die er da sah, doch konnte er eine etwas ketzerische Bemerkung über ihre Überflüssigkeit nicht unterdrücken.

»Überflüssig?!« sagte Fenia erstaunt, fügte jedoch schnell hinzu: »nun freilich, für einen Fremden, der's mitmachen muß. Für mich ist es gradezu köstlich, so unterzutauchen in Weihrauchduft und Gesang und Kindheitserinnerungen. Ich bin ja so viele Jahre fortgewesen. — — Und jetzt erst fühle ich mich wieder zu Hause, wo all dies Altvertraute wieder um mich ist. — — Rußland hat auch darin den großen Vorzug vor andern Ländern, daß man ganz sicher ist, alles auf dem alten Fleck wieder vorzufinden. Da ist kein Hasten von Fortschritt zu Fortschritt, — es ist alles jahraus, jahrein dasselbe.«

Über dies vaterländische Kompliment mußte Max Werner lachen.

»Auch ein Grund, seine Heimat zu verehren!« bemerkte er heiter, »aber in diesem besondern Fall — denken Sie — denkst du — doch auch nicht mehr wie einst als Kind. Diese langen Trauungszeremonien sind ihres tieferen Sinnes ja doch entkleidet.«

Fenia schüttelte den Kopf.

»Durchaus nicht! im Gegenteil! Streift man die äußere Form ab, was ist der tiefere Sinn? Er lautet etwa: da sind zwei Menschen, die sich zusammentun wollen für immer, — vermutlich weil sie sich lieben, — aber nicht nur zum Zweck ihrer persönlichen Verliebtheit, sondern zu einer gemeinsamen Aufgabe, — sozusagen im Dienst eines Höheren, Dritten, worin sie sich erst unlöslich verbinden. Sonst ist die ganze Unlöslichkeit zwecklos. Nein, sie wollen darin über das nur Persönliche, rein Gefühlsmäßige hinaus, — ob sie es nun Gott nennen, oder Heiligkeit der Familie, oder Ewigkeit des Ehebündnisses, — das gilt dafür gleich. — — In jedem Fall ist es etwas andres, — auch etwas durchaus Anderwertiges als nur Liebe zwischen den Geschlechtern.«

»Mein Gott, Fenia Iwánowna«, sagte Max Werner ganz konsterniert, »Sie können einem wahrhaftig das ganze Heiraten verleiden! Mir läuft förmlich eine Gänsehaut über den Rücken. — — Zum Glück irren Sie sich. Unlöslich ist die Geschichte wenigstens nicht. Es gibt ja doch Aussicht auf Scheidung —«

Fenia zuckte die Achseln.

»Mag sein — bei euch. Da drückt eben die Form den Inhalt nicht mehr voll aus. Hat also auch die ihr zukommende Schönheit und Feierlichkeit nicht mehr. Da kann ich mir ganz gut denken, daß ihr vielleicht leichtsinniger drauflosheiratet. — — Wir aber, — — ehe wir es tun, werfen wir uns auf die Knie — ganz so, als ob wir das Entgegengesetzte tun und auf Lebenszeit unsre persönlichen Genußrechte in einem Kloster aufgeben wollten.«

Es war Max Werner noch ebenso angenehm und anregend wie früher, mit Fenia zu disputieren, wenn ihre Meinungen auch ebenso aufeinanderstießen wie damals in Paris. Aber wie in ihrem Äußeren erschien Fenia ihm auch in ihren Meinungen jetzt weit frauenhafter als früher, und vielleicht bewirkte es grade dieser Umstand, daß sie sich in der kurzen Woche fast unausgesetzten Zusammenseins schließlich eng befreundeten.

Die einfache Schwesterlichkeit ihrer Umgangsformen, die er

damals mit so argwöhnischen Augen angesehen hatte, wurde ihm hier im fremden Lande unendlich sympathisch, und sehr bald erkannte er auch im Schlichten, arglos Vertrauenden des Benehmens einen spezifisch slawischen Zug der Mädchen und Frauen. Fenia unterschied sich von den andern nur wenig, — am wenigsten durch den Umstand, daß sie ein so langes Studienleben geführt hatte. Der Ausdruck ihres Naturwesens war viel stärker als irgend etwas Angelerntes.

Endlich kam es sogar dazu, daß Max Werner Fenia den größten Vertrauensbeweis gab, indem er ihr andeutete, was ihn jetzt so ganz an seine Heimat fesselte und ihn dahin zurückzog. Sie erfuhr, daß er seit Jahresfrist heimlich verlobt sei.

Er gestand es ihr während einer großen Schlittenpartie, die alle Gutsgäste gemeinsam bei prachtvollem Winterwetter in die verschneite waldreiche Umgebung unternahmen. Fenia und ihr deutscher Freund kamen zusammen in eine der niedrigen zweisitzigen »Salaski« zu sitzen, die beim hellen Schellengeklingel der flinken kleinen Pferde pfeilschnell über die hartgefrorene Schneefläche dahinsausten.

Auf Max Werners Geständnis bemerkte Fenia mit lebhaftem Interesse:

»Eine wirklich ganz ›heimliche‹ Liebe? Ich meine so, daß wirklich niemand, selbst die Nächsten nicht, etwas davon ahnt? Das muß ja sehr schwer durchzuführen sein.«

»Das ist es auch. Doppelt schwer, weil Irmgard eine Norddeutsche ist und das Leben nichts weniger als leicht nimmt. Jede Heimlichkeit jagt ihr hinterher tagelanges Entsetzen ein. Kleiner norddeutscher Adel, der in alten, festen Familientraditionen groß geworden ist.«

»Wie sind Sie denn miteinander bekannt geworden?« fragte Fenia, »denn Sie, mein Lieber, machen doch umgekehrt einen leichtlebigen Eindruck auf uns junge Mädchen.«

»Bitte, bitte! Ich bin nicht immer wie in Paris. Für Irmgard war ich anfangs eine Art Ausweg und Rettung aus der etwas engen geistigen Atmosphäre ihres Hauses. Damit fing es an.«

»Und deshalb hält Ihre Braut Sie für einen Tugendbold?« fragte Fenia spottend.

»O nein! Sie hält mich im Gegenteil für viel schlimmer, als ich bin. Das ist meistens so. Aber das schreckt sie nicht ab. Sie liebt wie eine Königin, die gewährt, ohne zu verlangen. Das ist die trotzigste Art von Mädchenstolz.«

»Doch nur eine Maskerade für lauter übergroße Demut«, fiel Fenia lebhaft ein, »— ach, wie deutsch ist das! Aber da bringt sie Ihnen doch lauter Opfer. Leiden Sie denn nicht darunter?«

Max Werner machte unter seiner geliehenen Pelzkappe ein verlegenes und pfiffiges Gesicht.

»— Leider nein!« bemerkte er kleinlaut. »In dieser Selbstüberwindung und stolzen Demut liegt etwas, was unsereinen entzückt. Es steigert die gegenseitige Liebe, glaub ich —.«

Fenia schwieg einige Minuten. Irgendein Gedanke schien sie zu beschäftigen. Dann äußerte sie plötzlich:

»Und trotzdem, — trotz all diesen schwierigen Umständen, — will sie Sie noch nicht heiraten?«

Max Werner sah so verblüfft aus, daß Fenia zu lachen anfing.

»— Nicht heiraten —? ja, wie denn? Das ist ja nur — — eigentlich bin ich ja doch nicht recht in der Lage dazu«, entgegnete er, noch immer ganz verdutzt von dieser unerwarteten Auffassung, »— *sie* würde natürlich gern so bald als möglich —. Ich habe meinen sehr kleinen Vermögensanteil früher schon so sehr zu Reisen und Studienzwecken angegriffen, daß ich erst eine Professur haben müßte.«

Fenia verfiel in Nachdenken. Sie saß mit gesenktem Gesicht, als horche sie aufmerksam auf das Schellengeklingel der Schlittenpferde. Aber es mußten liebe und angenehme Betrachtungen sein, die sie hegte, denn sie saß so glücklich in sich zusammengesunken da, und auf ihrem von der Kälte rotgehauchten Gesicht blieb ein Lächeln stehn —.

Nach den letzten Hochzeitsfeierlichkeiten reiste Max Werner zusammen mit Fenia nach St. Petersburg, wo er sich noch etwas umsehen wollte, ehe er nach Deutschland zurückging. Fenia mietete sich in einer *maison meublée* des Newskij-Prospekts ein, um sich in Ruhe für ihre künftige Lehrtätigkeit vorzubereiten. Ihn führte sie gleich bei ihren einzigen Petersburger Verwandten ein, ins Haus ihres Onkels, des Mannes einer verstorbenen Schwester ihrer Mutter, weil man dort deutsch sprach und deutsche Interessen pflegte. Der Onkel war von baltischem Adel, Admiral in russischem Dienst, und unterhielt mit seinen drei Töchtern die gastfreieste Gesellkeit.

Den größten Teil der ersten Tage seines Aufenthalts widmete Max jedoch eingehenden Besichtigungen der Hauptstadt. Einmal, nachdem er so lange in den Kunstsälen der Eremitage verweilt hatte, als das spärliche Winterlicht irgend zuließ, verlangte es ihn nach einem ausgiebigen Spaziergang, und so ging er noch den ganzen Newskij-Prospekt hinunter, von dem man gewöhnlich nur eine gewisse Strecke, zwischen der Admiralität und dem Moskauer Bahnhof, zu sehen bekommt. Hinter dem Moskauer Bahnhof ist es nicht mehr der Newskij der vornehmen Nachmittagspromenade. Die breite schnurgerade Straße mit ihrer Einfassung von Kirchen und Palästen macht eine scharfe Wendung und verändert plötzlich ganz ihren Charakter. Anstatt der eleganten Spiegelscheiben der großen Magazine trifft man gewöhnliche Warenbuden und billige Bazare, deren niedrige Arkaden am Trottoir entlanglaufen; anstatt der europäischen Hotels Wirtshäuser zweiten und dritten Ranges und Schnapskeller mit grellen Plakaten über der Tür. Immer weniger herrschaftliche Schlitten sausen über den festgestampften bläulichen Schnee, immer volkstümlicher werden die Trachten der vorübergehenden Menschen, — bis endlich von ferne, im blitzenden Schein, den die Wintersonne den goldenen Kuppeln entlockt, — das Alexander-Newskij-Kloster herüberschimmert.

Schon eine ganze Strecke vor dem Kloster wird die Straße beinahe dörflich und erhält einen sozusagen geistlichen Anstrich. Weißbeworfene Gebäude mit goldenen Kreuzen oder goldener Strahlenform über dem Tor, Wohltätigkeitsanstalten, Kapellchen, fromme Asyle erheben sich zwischen den kleinen, niedrigen, demütigen Wohnhäusern, die auch nur noch weiße Kleidchen anzulegen wagen. Und darüber ragt die gewaltige weißgoldene Himmelsstadt mit ihren Klostermauern, Kuppeln und Kirchen gegen den blaßblauen Winterhimmel empor, — umhaucht vom Weihrauch, der aus ihren Heiligtümern dringt, umstanden von geweihten Buden, wo Betperlen, Räucherkerzen und Kränze verkauft werden, umklungen von Glocken und Chorälen, — das Ganze eine unbeschreibliche Symphonie von Weiß und Gold inmitten dieser weißen Schneelandschaft unter den letzten goldenen Sonnenstrahlen.

Und dahinter der weite, weite Klostergarten im tiefen Winterfrieden.

Max Werner wollte grade in den Garten eintreten, als er zu seiner Überraschung Fenia darin erblickte; sie stand dicht am Eingang, an das goldblitzende Staket gelehnt, und wendete ihm den Rücken zu.

»Fenia Iwánowna, gehen Sie ins Kloster?« sagte er ihr über die Schulter.

Sie wandte sich verwundert, nicht erschrocken, um, und entgegnete aus der Pforte tretend:

»Ich habe mir das Kloster angesehen — — Und nun geh ich zu meinem Onkel, — *jour fixe*, Sie wissen ja! Ich speise dort. Haben Sie nichts Besonderes vor? Dann kommen Sie doch mit, Sie sind ja ein für allemal zur Familientafel geladen.«

»Ich will es sehr gern tun, Fenia, schon um Sie zu begleiten. Wollen wir bei diesem sanft sibirischen Wetter die Promenade zu Fuß machen?«

Sie nickte, und indem sie ihr Gesicht mit dem vorgehaltenen Bibermuff vor dem scharfen Winde schützte, schaute sie sich aufmerksam nach allen Seiten um. Dann schritt sie eine Zeitlang einsilbig neben ihrem Begleiter her.

»Wie sind Sie nur darauf verfallen, grade hierher zu kommen«, fragte sie plötzlich, — »diesen Teil des Newskijs besuchen so wenige. Man kann fast sicher sein, daß man —«

»Wäre es nicht viel berechtigter, wenn ich Sie dasselbe fragte?« bemerkte er neckend, »ein Spaziergang für eine junge Dame ohne Begleitung ist das doch gar nicht. Ich glaubte Sie in die tiefsten Studien vertieft, habe Sie zartfühlend nur deshalb nicht aufgesucht, — ich stelle Sie mir ja seit Paris immer noch wie besessen von Fleiß vor, — und statt dessen bummeln Sie hier herum.«

»Ja, bummeln ist das richtige Wort«, sagte sie in zufriedenem Ton, — »wissen Sie, mit dem Fleiß ist es ganz vorbei. Ich lebe jetzt ja auch in einer solchen Übergangs- und Zwischenzeit, — nicht wahr? Bis zu der mir versprochenen Anstellung. Und wie genieße ich das! Wissen Sie, es war Zeit, nach dem langen Arbeitsfieber. Jetzt strecke und recke ich mich, wie auf einem rechten Faulbett, — ordentlich wie eine Rekonvaleszentin fühle ich mich, — da lebt man ganz anders, — passiver, lauschender, aufnehmender. — Man wacht nicht, man schläft aber auch nicht. —«

»— Man träumt!« ergänzte er aufs Geratewohl. Fenia sah mit einem raschen Blick zu ihm auf. Dann schwieg sie.

»Eigentlich haben wir also die Rollen getauscht«, meinte er, »denn ich bin dieses Jahr recht fleißig gewesen. — — Aber wie wird es Ihnen denn schmecken, nach dieser Zwischenzeit ein schwieriges Lehramt auszuüben, — graut Ihnen nicht davor?«

Sie lachte.

»So weit hinaus kann ich im Augenblick nicht vorwärts denken. — — Aber das wird nicht schlimm sein, denn es ist mir eigentlich stets sehr anziehend gewesen.«

Darauf schwieg sie wieder mit nachdenklichem Gesicht, als beschäftige sie etwas Unausgesprochenes. Sie gelangten inzwischen auf den belebten Teil des Newskijs, wo die sie umdrängende Menschenmenge, die sie jeden Augenblick trennte, ohnehin die Unterhaltung erschwert hätte.

Hinter der Polizeibrücke sank die Sonne. Lange blaue Schatten liefen über den Schnee und schufen jene nordische Winterdämmerung, in der man schon mitten am Tage nichts mehr recht deutlich erkennt und dennoch fremdartig davon berührt wird, daß hier und da hinter den Schaufenstern die ersten Flammen aufzucken.

Das vorüberflutende Leben und Treiben auf der glänzenden Hauptstraße paßte sich der Stimmung dieser Stunde wunderbar an, denn trotz all des Gewühles war nichts Lautes, nichts Buntes, nichts Aufdringliches an dem ganzen Bild, sondern eine gedämpfte und diskrete Eleganz; das fast lautlose Durcheinanderjagen der Schlitten, das etwas beinah Gespenstisches haben konnte, die gleichförmige dunkle Kleidung der pelzvermummten Damen, die langsam, ohne Hast, fast feierlich sich vorbeibewegten, die Totenstille der breiten tief verschneiten Nebenstraßen, in denen die Welt plötzlich aufzuhören schien, gaben allem eine Art von verträumter Poesie, die vom lebensvollern und trivialern Lärm andrer Großstädte scharf abstach. Selbst die Ecken und harten Umrisse der Häuser hatte der Frost mit blitzenden Eiskrusten abgestumpft und verwischt, und in der kalten, kristallklaren Luft erstarb jeder Ton, — Menschenstimme oder Schlittenglöckchen, — ganz eigentümlich hell und fein wie ferner Gesang.

Fenia war gegenüber der Kasanschen Kathedrale vor einem hell erleuchteten Schaufenster stehngeblieben. Sie schlug den Schleier über ihre Pelzmütze zurück und betrachtete die neuen Auslagen der Pasettischen Kunsthandlung. Ganz vorn lagen die drei mittelmäßigen, aber sehr populären Illustrationen zu Lermontoffs »Dämon«: die Verführung Tamaras durch den Dämon, ihre Hingabe an ihn, ihr Tod durch ihn.

Fenia wies mit dem Muff darauf hin.

> »Zur Höhe des Himmels will ich mich heben,
> Zur Tiefe des Meeres senke ich mich,
> Alles Irdische will ich dir geben!
> Nur liebe mich! liebe mich!«

zitierte sie lächelnd und ging weiter.

»Was ist das?« fragte Max Werner.

»Improvisierte Übersetzung«, entgegnete sie, »so spricht der böse Dämon, nachdem er den Engel Tamaras in die Flucht geschlagen hat. — — Diese Bilder treffen Sie hier in allen Häusern, — Photographien, Gipsstatuetten. — Ich entsinne mich ihrer so gut aus meiner Kindheit, auch wir besaßen sie zu Hause. Es ist traulich, sie wiederzusehen.«

»Rechte Bilder für ein junges Mädchen«, bemerkte er, »haben Sie sich nicht auch die Liebe sehr dämonisch vorgestellt? Kampf mit dem Engel, — höllische Seligkeiten, — bengalische Beleuchtung, — Weltuntergang.«

Sie sagte lachend:

»Ich? O nein. Ich stelle sie mir ganz — aber so *ganz* — anders vor.«

In den großen milchweißen Glaskuppeln hoch über der Mitte des Straßendamms erstrahlte urplötzlich das elektrische Licht und übergoß mit einemmal die dämmerdunkle Straße mit seinem blendenden Mondschein.

Als Fenias Gesicht in dieser unerwarteten Helle neben Max Werner auftauchte, erschien es ihm, mit dem kindfrohen Blick und lachenden Munde, durchaus verschieden vom nachdenklichen Frauengesicht im Klostergarten bei den letzten Sonnenstrahlen. Ihre Mienen wechselten im Ausdruck so sehr, daß sie fast auch in der Form zu wechseln schienen; nur wie ein promovierter Doktor sah sie niemals aus, eher wie alles andre.

»Ich wäre wirklich neugierig«, bemerkte er, »wie Sie sich die Liebe denken würden, wenn Sie daraufhin examiniert werden sollten, anstatt auf Philologie, Geschichte etc.«

»Wie ich sie mir denken würde? O ganz einfach. So ganz einfach und gesund. Ich würde sie dann sicher mit den Dingen vergleichen, die am allerwenigsten dämonisch und romantisch sind. Mit dem guten gesegneten Brot, womit wir täglich unsern Hunger stillen, mit dem frischen erhaltenden Luftstrom, dem wir jeden Tag unsre Stube öffnen. Mit einem Wort: mit dem Wichtigsten, Schönsten und Selbstverständlichsten, dem wir alles verdanken und wovon wir am wenigsten Phrasen machen.«

»Das ist gar nicht übel gesagt! — Aber doch wohl noch etwas andres erwartet ihr davon: die große Sensation des Lebens, — glauben Sie nicht? — vor allem die Sensation.«

Sie schüttelte den Kopf.

»Ich nicht. Dann ginge ja das Kostbarste, was man damit empfängt, verloren, denk ich mir.«

»Was ist denn nach Ihrer Meinung das Kostbarste, was die Liebe euch geben kann?« fragte er lächelnd.

Sie bog in die Admiralität ein und entzog ihm damit den Blick auf ihr Gesicht.

»Frieden!« sagte sie leise.

»Frieden!« dachte er zweifelnd und folgte ihr in das goldstrotzende, weitläufige Gebäude, wo der Admiral Baron Michael Ravenius einen Seitenflügel bewohnte. Irmgard würde ihm schwerlich eine solche Antwort gegeben haben, — sind die russischen Mädchen phlegmatischer, oder prosaischer? — fragte er sich. Oder sprach Fenia nicht nur deshalb in dieser Weise, weil sie wie ein Blinder von der Farbe sprach? Möglicherweise hatte ihr Temperament hier seinen blinden Fleck.

Oben im Empfangssalon des Admirals war leider noch der *jour fixe* im vollen Gange. Um die Gesellschafterin und die beiden älteren Töchter herum saßen noch etwa ein Dutzend blitzender Uniformen und dunkler Damentoiletten und machten jene überaus angeregt erscheinende und überaus langweilige und langweilende Konversation, wofür die konventionell abgeschliffene Eleganz der französischen Sprache sich so besonders gut eignet. Es war ganz amüsant, den tadellosen Mechanismus dieses Kommens, Sprechens und Fortgehens der durcheinandersummenden Menschen zu beobachten, von denen jeder etwa eine Viertelstunde blieb, um dann von der zweitjüngeren Tochter des Hauses durch eine Flucht von Sälen bis in das Vorzimmer geleitet zu werden, wo zwei Diener in Matrosenlivree ihn in Empfang nahmen.

Etwa noch eine Stunde lang vollzog sich das mit der Regelmäßigkeit und Genauigkeit eines Uhrwerks. Dann ging der letzte der Gäste, und der Baron Ravenius, ein hagerer alter Herr mit überaristokratischen Händen und Füßen und stark gelichtetem grauen Haar und Bart, reichte seiner Nichte Fenia mit altmodischer Galanterie den Arm, um sie zur Mittagstafel zu führen, wo er sorgsam den Stuhl für sie abrückte.

Max Werner folgte mit der ältesten Tochter Nadeschda, — bereits verlobt mit einem Attaché der deutschen Botschaft. Hinter ihnen die Gesellschafterin mit den beiden andern Mädchen, von denen die jüngste noch zur Schule ging, — und ganz zum Schluß die persische Windhündin des Barons, Russalka, die, silberhaarig, lang, schmal und vornehm, eine unverkennbare Ähnlichkeit mit ihrem Herrn besaß.

Während des Essens wartete man meistens auf die Eröffnung der Unterhaltung durch den Hausherrn. Heute sprach er nach genossener Suppe wie folgt:

»Man redet immer viel davon, daß in der deutschen — überhaupt in der ausländischen — Kolonie hier der Klatsch zu Hause sei. Es hat natürlich so eine Kolonie, selbst wenn sie noch so groß ist, im fremden Lande leicht den Charakter einer Kleinstadt. Man wird leichter in bösen Leumund geraten als anderswo — —. Wie hast du es zum Beispiel anderswo gefunden, Fenia?«

»Darauf hab ich wirklich nur wenig geachtet, Onkel Mischa«, antwortete Fenia, »es mag sehr wohl der Fall sein, daß auch ich oft tüchtig verklatscht worden bin, weil ich mich absolut nicht um den Schein kümmerte, aber ich hatte immer einen genügenden Schutz an echten Kameraden, die das nicht bis an meine Ohren herankommen ließen.«

»Exponiert genug hast du dir freilich dein Leben eingerichtet«, bemerkte der Baron, »mir fast unbegreiflich sorglos. Aber man muß dir nachsagen, daß du es verstanden hast, vortrefflich ans Ziel zu kommen. Alle Achtung davor, — und vor dem Ernst, womit du deine Jugend zugebracht hast.«

Alle warteten mit einiger Spannung auf die Pointe dieses Gesprächs, denn wenn der Baron mit seiner würdevollen Umständlichkeit so weit ausholte und sich in allerlei geographischen oder sozialen Allgemeinbetrachtungen erging, so beabsichtigte er meistens, etwas höchst Spezielles vorzubringen. Umsonst hatte er sicher nicht die Klatschsucht der ausländischen Kolonien festgestellt und zugleich seiner Achtung für Fenia vor seinen Töchtern so ostentativ Ausdruck gegeben.

Aber bei der Mittagstafel kam das »Spezielle« nicht mehr. Erst als nach aufgehobener Tafel die beiden jüngeren Töchter mit der Gesellschafterin fortgegangen waren und man in einem kleinen Wohngemach neben dem Speisesaal bei einer Tasse Kaffee Zigaretten rauchte, wandte sich der alte Baron plötzlich an Fenia mit den Worten:

»Mein liebes Kind, du siehst mich recht beunruhigt, — ich schwankte wirklich, ob ich dir Mitteilung von der Sache machen sollte, — aber ich möchte doch die Gelegenheit benutzen, wo Herr Werner zugegen ist, — vielleicht wird er Rat wissen.«

Fenia hatte sich lässig in einem Lehnstuhl ausgestreckt und stemmte ihre Füße gegen den silberhaarigen Rücken der Russalka, die vor ihr lag und, die lange feine Schnauze auf die Vorderpfoten gedrückt, leise wedelte.

»Aber was ist denn nur los, Onkel Mischa?« fragte Fenia neugierig.

»Sage mir, mein liebes Kind, besitzest du Feinde? Du weißt, es kann eine Ehre sein, Feinde zu haben! — — Kennst du irgend jemand, der ein Interesse daran hätte, dich zu verleumden?«

Sie schaute erstaunt und lächelnd auf.

»Ich?! — — Nein, sicher nicht. — Hat sich ein solcher Bösewicht gefunden?«

»Das wird ja ordentlich interessant«, bemerkte Max Werner und stand auf, »da könnte ich am Ende noch hier für Fenia gegen irgendeinen sibirischen Drachen zu Felde ziehen?«

Aber der Onkel teilte die heitere Stimmung nicht; seine Miene blieb so feierlich und besorgt wie zuvor.

»Ich bitte euch, es ernst zu nehmen«, sagte er, beide Hände auf den Lehnen seines Sessels, — »laß jetzt das Spiel mit der Hündin, Fenia! Es ist eine ganz abscheuliche Verleumdung, worum es sich handelt. Jemand behauptet, dich gesehen zu haben, — zu sehr vorgerückter Nachtstunde in einer entlegenen Straße, — zusammen mit einem Herrn.«

»Wer ist es, der es behauptet?« warf Fenia ein.

»Das eben möchte ich durchaus ermitteln: die erste Quelle des Klatsches«, erwiderte der Onkel unruhig, »mir ist die Mitteilung vom schändlichen Gerücht durch einen erprobten alten Freund des Hauses zugegangen, der sich mit mir darüber aufregt.«

»Mein Gott! daß du das so ruhig nehmen kannst!« murmelte Nadeschda, die neben Fenia saß und langsam ihren Kaffee schlürfte, »ich war ganz außer mir, wie ich davon erfuhr. Wie schlecht ist die Welt! Ich zerbrach mir dermaßen den Kopf darüber, daß ich fast meine Migräne bekam. — — Bei dir wird es auch noch morgen nachkommen.«

»Ich zerbreche mir den Kopf nicht. Bis morgen werf ich es weit — weit hinter mich!« sagte Fenia, und ihr Gesicht leuchtete auf.

Max Werner blickte auf sie.

Ihr Kopf lag an die Stuhllehne zurückgelehnt, die Augenlider waren so tief gesenkt, daß sie den Blick ganz verdeckten. Aber ihre Lippen wölbten sich ein wenig, — ein wenig nur, doch so überzeugend beredt im Ausdruck, als sei ihnen ein Trank zu nah gekommen, vor dem es sie ekelte.

Urplötzlich erinnerte dieser Ausdruck der vollen roten Lippen Max Werner an etwas, — an das Erlebnis im Hotelzimmer in Paris, — und durch diesen Umstand umstrahlte in diesem Augenblick in seinen Augen Fenia eine eisige, unanzweifelbare Reinheit.

Wie oft mochte sie in ihrem freien Studienleben im Auslande Verachtung empfunden haben für die Menschen, deren billige Klugheit ihre Freiheit mißverstand und deren weises Urteil auf den ersten besten Schein hereinfiel!

»Vielleicht löst sich die Sache als ein unglückliches Mißverständnis auf«, meinte Max Werner. »Ließe es sich nicht feststellen, wie die Dame gekleidet gewesen sein soll?«

Der alte Ravenius blickte rasch auf.

»Jawohl! die Kleidung stimmt genau. Langer Mantel, Fuchspelz, — Mütze, Muff und Kragen von Biberfell.«

»Jawohl, es ist recht schlimm!« bemerkte Max Werner. »In Paris oder Berlin oder Wien könnte der Anzug einer Dame schon ein

Erkennungszeichen abgeben. Aber hier? Hier sind die Damen auf das leichteste einer Verwechslung ausgesetzt. Denn sie sind alle gleichmäßig dunkel vermummt, höchstens drei, vier Pelzsorten variieren. Jede Dame muß eigentlich darauf gefaßt sein, ein paar Doppelgängerinnen zu besitzen.«

»Das ist wirklich wahr!« bestätigte der Baron ganz erfreut, »darauf vor allem müßte man hinweisen! Darauf gründet sich vielleicht der Klatsch. — — Und dann, denken Sie an die dichten Winterschleier, die man hier trägt! Und oft sind es nicht einmal Schleier, sondern die feinen, weichen Orenburger Wollgewebe, die unsre Damen wie ein weißes Spinngewebe vor das Gesicht binden, wenn es stark friert, — namentlich abends. — Reine Unmöglichkeit, dann jemand zu erkennen.«

»Lieber Onkel Mischa!« unterbrach ihn Fenia, »bitte, gib dich mit dieser Geschichte nicht ab. Ich will es einfach nicht! Es ist mir fatal und gänzlich ungewohnt, daß andre sich um meinen Ruf abängstigen, — wenn der gläsern ist, — — ich bin's nicht!«

Der Baron erhob sich und berührte mit seinen langen kühlen Fingern leicht, liebkosend Fenias Wange.

»Du darfst nicht so sprechen!« verwies er ihr ihre Worte; — »du weißt, dein guter Vater hat dich so frei erzogen, wie ich es für meine Töchter weder gewünscht noch jemals gestattet haben würde. Aber du hast ihm Ehre gemacht! Und du bist, wenn nicht meine Tochter, so doch unser teures Familienglied, für das ich einstehe überall und in allem. *C'est convenu. N'en parlons plus.*«

Fenia drückte einen flüchtigen Kuß auf die liebkosende Hand ihres Onkels, als der alte Herr so einfach und vornehm zu ihr sprach. Aber in ihre ruhige Stirn grub sich die erste kleine Falte bei seinen guten Worten ein. Offenbar empfand sie es nur peinlich, daß irgend jemand für sie einstehen, verantworten, schützende oder verteidigende Maßregeln ergreifen wollte. Sie begehrte nicht nach dem Schutz der Familie, und es erschien ihr vermutlich ebenso lächerlich wie unbehaglich, mit einemmal wie zerbrechliches Glaszeug behandelt zu werden.

Unwillkürlich versetzten Max Werners Gedanken Irmgard in die gleiche Lage, und er sah, wie sie schon bei der bloßen Vorstellung um vernichteten Mädchenruf litt und blutete. Besaß sie wirklich so viel mehr Menschenfurcht, so viel weniger Seelenkraft als Fenia?

Nein! Dafür kannte er sie zu gut. Aber was die öffentliche Moral tadelte und lobte, das tadelte und lobte sie selbst bis zu gewissem Grade auch. Wenn sie in Zwiespalt mit der vorgeschriebenen Lebensführung geriet, dann geriet sie auch mit sich selbst in Zwiespalt. Daher mitten im Rausch eines Kusses das Erzittern geheimer Angst, als besäßen die Wände Ohren, — daher das Gefühl, daß die Liebe sowohl der Genius ihres Lebens als auch der allmächtige Dämon und Versucher sei, dem Gewalt gegeben ist, den Engel zu verscheuchen. — Irmgard erwartete von der Liebe nicht — Fenias »Frieden«.

Während alle in der Plauderecke verstummt waren und Max Werner seine Gedanken so weit forttrugen aus dem Kreise, worin er sich befand, stand Fenia auf und trat, begleitet von der Russalka, an eines der hohen Fenster ihm grade gegenüber.

Mit etwas erhobenen Händen faßte sie in die schweren dunkelroten Damastvorhänge, die geschlossen vor dem Fenster herabhingen, und schob sie ein wenig auseinander, um hinaussehen zu können.

Max Werner fiel ihre eigentümlich schöne Rückenlinie in dieser Haltung mit gehobenen Armen und vorgeneigtem Kopfe auf, und seine Blicke blieben darauf ruhen. Noch immer hatte sie die Vorliebe für dunkle, schlichtfallende Kleider, und noch immer trug sie ihr Haar in zwei lichtbraunen Flechten kranzförmig um den Kopf geschlungen.

Irgend etwas trieb ihn, sich ihre ein wenig gezwungene Haltung gelöst zu denken, passiv geworden, — er meinte vor sich zu sehen, wie ihre Hände den Vorhang zusammenfassen und vor das Gesicht ziehen, — wie der Kopf sich tiefer und tiefer herabneigt in die schweren tiefrotschimmernden Falten, — wie der Rücken gebeugt ist, — die Schultern weiche, gleitende Linien bekommen, — bis die ganze Gestalt in sich gesunken dasteht und, das Antlitz im Vorhang geborgen, weint. —

Es war wie eine Zwangsvorstellung, aber nicht durch seelische Eindrücke oder Mutmaßungen hervorgerufen, sondern wie ein malerischer Zwang, der in den Linien lag, die durchaus in dieser Weise zusammenfließen wollten, — hartnäckig alle Wirklichkeit fälschend.

Aber dafür ging von dem Illusionsbilde eine fast seelische Wirkung aus, — etwas von dem widerspruchsvollen Zauber, den Fenia ursprünglich für ihn besessen hatte. —

Er fuhr sich über die Augen, die zu schmerzen anfingen, — nervös geworden.

Da sagte mitten in das Schweigen hinein Nadeschda in ihrem fest anerzogenen, ihr eingewöhnten Bewußtsein, daß es schicklich sei, sich irgendwie zu unterhalten:

»Heute abend muß draußen herrliches Wetter sein.«

Fenia wandte sich rasch zu ihr um.

Die Hände unwillkürlich noch ausgebreitet, den Vorhang wie zwei schwere Flügel hinter ihrem Rücken, stand sie da, ein Bild sorgloser Gesundheit und lächelnder Freude, und rief hell:

»Bitte, Onkel Mischa! nehmen wir eine große Troika und fahren wir Schlitten!«

D as Hotel de Paris, wohin Max Werner bei seiner Ankunft in Petersburg geraten war, befand sich zur Zeit grade im Zustand einer teilweisen Renovierung, weshalb man seine schönsten Zimmer, diejenigen mit der Aussicht auf den Isaaksplatz und die Isaakskathedrale, sämtlich gesperrt hielt. Infolge der daraus entstandenen Überfüllung in den übrigen Räumlichkeiten sah er sich auf einen Winkel angewiesen, wo er, eingeklemmt zwischen einem Ungetüm von Ofen und einem fest verklebten, unaufschließbaren Fenster, fast zu ersticken meinte. So zog er denn an einem der folgenden Tage aus und fand schließlich in einem echt russischen Gasthof, der »Ssewernaja Gostiniza«, auf dem entfernteren Teil des Newskijprospekts ein ihn ansprechendes, preiswürdiges Zimmer mit viel Licht und freiem Blick über den weiten Platz vor dem Moskauer Bahnhof.

Den Abend nach seinem Umzug dorthin passierte ihm etwas Seltsames.

Müde der Kramerei und der Scherereien des Nachmittags, flanierte er ganz ohne Ziel ein gutes Stück jenes Newskijendes hinab, dessen unbelebte Straße er kürzlich vom Moskauer Bahnhof bis zum Alexander-Newskij-Kloster hin mit Interesse studiert hatte.

Da, etwa zwanzig Minuten vom Kloster, in dieser des Abends völlig vereinsamten Gegend, hält ein Schlitten mit drei Pferden und klingelnden Schellen am Trottoir.

Ein Paar ist im Begriff hineinzusteigen. Der Herr groß, elegant gewachsen, in eng anliegendem kurzem Pelz, — die Dame von Fenias Wuchs, mit Biber an Kragen, Muff und Mütze.

Sie wendete Max Werner beim Einsteigen den Rücken zu. Nur sekundenlang erhaschte er ein Stückchen verlorener Profillinie im Licht der hier nur spärlich brennenden Gaslaternen, — und doch! — es *mußte* Fenia sein!

Er zweifelte nicht daran, — ja, er zweifelte so wenig, daß er nicht wagte, seinen Schritt anzuhalten, oder sie anzurufen, oder zu grüßen, — und im nächsten Augenblick sauste der Schlitten in der Richtung des Klosters nach den Stadtgrenzen hinaus.

Er zog die Uhr. Es war elf vorüber.

Eine ungeheure Spannung bemächtigte sich seiner. Fenia! sollte Fenia ihn zum zweitenmal in seinem Leben zum Dummen gemacht haben, — dieses Mal im entgegengesetzten Sinn wie damals? Er war jetzt genauso geneigt gewesen, in Fenia nur das herb Unschuldige zu sehen, als sei es ein für allemal ihre Eigenart und Signatur, wie er in Paris geneigt gewesen war, dahinter ein besondres Raffinement zu wittern.

Warum nur? Warum hatte er in beiden Fällen ihr Wesen so typisch genommen, so grob fixiert? fragte er sich. Es war ganz merkwürdig, wie schwer es fiel, die Frauen in ihrer rein menschlichen Mannigfaltigkeit aufzufassen und nicht immer nur von der Geschlechtsnatur aus, nicht immer nur halb schematisch. Sei es, daß man sie idealisierte oder satanisierte, immer vereinfachte man sie durch eine vereinzelte Rückbeziehung auf den Mann. Vielleicht stammte vieles von der sogenannten Sphinxhaftigkeit des Weibes daher, daß seine volle, seine dem Mann um nichts nachstehende Menschlichkeit sich mit dieser gewaltsamen Vereinfachung nicht deckte.

Am nächsten Morgen war es Max Werners erster Gedanke, Fenia einen Besuch zu machen.

Sie wohnte etwa eine halbe Stunde den Newskijprospekt weiter zur Admiralität hinauf in einem ganz aus *chambres meublées* bestehenden Hause. Unten im behaglich durchheizten Treppenraum, der oft eleganter zu sein pflegt als die Wohnungen selbst, nahm ein Portier mit prächtigen Silberlitzen auf seiner Livree den Ankommenden die Pelze ab. Auf der teppichbelegten Treppe begegnete man auch gewöhnlich der Wirtin, einer Provinzlerin in losem, weit nachschleppendem Kattunrock, die hier von früh bis spät umherstrich und überall eine gewisse Unruhe und Unordnung um sich verbreitete. Außer ihrem Russisch radebrechte sie nur noch ein fehlerhaftes Französisch, Deutsch war ihr gänzlich fremd.

Fenia besaß einen eigenen Eingang von der Treppe in ihr Wohnstübchen, das sich in ein schmales Schlafgemach öffnete. Das Fenster war ganz vollgestellt mit schönen Blattpflanzen, die in der gleichmäßigen russischen Zimmertemperatur so vortrefflich gedeihen. Neben dem Fenster, über eine Näharbeit gebeugt, saß Fenia, als Max Werner eintrat.

Sie blickte auf und streckte ihm mit Herzlichkeit die Hand entgegen.

»Das ist schön, daß Sie kommen. Setzen Sie sich dorthin. Ich meinte gestern abend, ich würde Sie bei meinem Onkel treffen. — Setzen Sie sich. Wollen Sie rauchen?«

»Sie waren *gestern abend bei Ihrem Onkel*? Waren Sie lange da?« fragte er mit schlecht verhehltem Interesse und fügte deshalb schnell hinzu: »Nun, hat er sich über die Klatschgeschichte beruhigt?«

»Bis zum Tee blieb ich. — Diese alberne Geschichte hab ich ihm ziemlich ausgeredet«, sagte Fenia ruhig und stichelte an ihrer Arbeit. Sie hatte heute eine weiße Morgenbluse an, worin sie weit jünger aussah, kindlicher. Ihre beiden Flechten hingen ihr den Rücken hinunter.

»Dann wird die arme Dame, die da gesehen worden ist, also wohl nicht weiter durch Nachforschungen behelligt werden. Sonst hätte dabei noch das Drollige herauskommen können, daß sie plötzlich irgendeine eigene, vielleicht recht delikate Angelegenheit an die große Glocke gehängt sieht, — um Ihretwillen, Fenia. Täte Ihnen das nicht leid?« bemerkte er halb scherzend, halb ironisch.

Fenia hörte nicht auf den ironischen Ton hin. Sie stützte das Kinn auf die Hand, sah ihn an und sagte unwillig:

»Ja, wissen Sie, das ist doch wirklich etwas Abscheuliches! Ich meine, daß den Frauen in manchen Beziehungen die Heimlichkeit einfach aufgezwungen wird! Daß sie auch noch froh sein müssen, wenn sie gelingt, — und vom Mann wie etwas Selbstverständliches erwarten, daß er sie durch seine Diskretion, seine Schonung, seine Vorsicht schütze und beschirme. — Ja, es mag notwendig sein, so wie die Welt nun einmal ist, aber es ist das Erniedrigendste, was ich noch je gehört habe. Etwas verleugnen und verstecken müssen, was man aus tiefstem Herzen tut! Sich schämen, wo man jubeln sollte!«

Sie erregte sich an ihren eigenen Worten. Ihre Wangen brannten, und ihre Augen wurden tief und blitzend.

Die ein wenig frivole Spannung, in der Max Werner heute zu ihr gekommen war, verlor sich mehr und mehr; je länger er ihr zuhörte, desto menschlicher kam er ihr nah. Er bemühte sich, ganz so zu tun, als hielte er ihre Erregung für durchaus sachlicher Natur und als handle es sich für sie lediglich um einen ihrer beiderseitig ungeheuer tiefsinnigen Dispute.

»Sie vergessen doch etwas sehr Wesentliches, Fenitschka«, warf er ein, »nämlich daß die öffentliche Meinung meistens doch nur die Hälfte der Schuld trägt. Denn zur andern Hälfte liegt es ja doch schließlich im Wesen aller intimen Dinge selbst, daß sie geheim bleiben wollen, — daß ihnen jede Entblößung vor fremden Augen und Ohren das Zarteste ihrer Schönheit nimmt. Manchen sensitiven Menschen empört schon die offizielle Trauung gegen die Ehe, — wieviel weniger könnte nun ein solcher eine andre Form der Liebe, eine nicht allgemein anerkannte Liebe öffentlich bloßstellen, — wie könnte er etwas so unendlich Intimes und Verwundbares mitten in einen rohen Kampf hineinzerren, — sozusagen auf die Straße stellen zwischen den Pöbel —«

Fenia hatte sehr aufmerksam zugehört.

»Ja«, sagte sie langsam, »so mögen wohl Männer urteilen, — — ihr, denen alles gestattet ist und für die darum auch kein andrer Beweggrund zu einer Geheimhaltung vorzuliegen braucht als nur solch ein innerer. Aber für uns ist das ganz etwas andres. Wir fühlen das wohl auch, — ja sicher noch viel feiner und scheuer als ihr, — — aber wir fühlen auch den Schein von Feigheit, der auf uns fällt dadurch, daß wir der Heimlichkeit zu bedürfen glauben. Eine jede Heimlichkeit scheint nicht aus Feingefühl, sondern aus Menschenfurcht dazusein, — — und dann demütigt es uns auch, wenn wir uns von Menschen achten und verehren lassen müssen, deren ganze Anschauungsweise uns vielleicht verdammen würde im Falle unsrer Offenheit.«

»Das kann unangenehm sein!« gab er zu, »aber sobald es nur ein Opfer ist, das wir bringen, und nicht ein erlogener Erfolg, den wir suchen, — kann man sich doch wohl darüber hinwegsetzen. All dies ist ja nur der *Schein* der Feigheit, — das klar zu erkennen und ruhig zu tragen wäre eigentlich erst die rechte Überlegenheit über die menschlichen Vorurteile. Meinen Sie nicht? Sonst ist man doch eigentlich nur ein Wahrheitsprotz.«

Fenia schüttelte den Kopf und blickte nachdenklich in das Fenster hinein, wo zwischen den Doppelscheiben dicke weiße Wattenschichten jeden Luftzug absperrten und mit Waldmoos und bunten Papierblumen häßlich genug ausgeschmückt waren.

Man konnte ihren beweglichen Mienen aufs deutlichste ansehen, daß sie über irgendeinen Gedanken mit sich selbst ins reine zu kommen versuchte.

»Ach, Überlegenheit! Was soll mir die!« sagte sie darauf wegwerfend, »wir haben nun einmal das Verlangen, für das, was uns am teuersten ist, auch am offensten einzutreten; und wir schätzen sogar ganz unwillkürlich den Wert einer Sache ein wenig danach ab, ob wir sie zu einer Gesinnungssache machen würden, — ob wir für ihr Recht *kämpfen* können.«

»Mein Gott! die Frauen sind jetzt aber auch so entsetzlich kampflustig geworden!« bemerkte er lachend, — »so entsetzlich positiv und aggressiv, daß es kaum zum Aushalten ist! Sehen Sie, das kommt nun von all der Frauenbefreiung und Studiererei und all diesen Kampfesidealen. — — — Die Frauen sind die reinen Emporkömmlinge! Verzeihen Sie, — — es liegt ja etwas ganz Jugendliches und Kräftiges drin, aber es hat nicht den vornehmen Geschmack. Alles zur Diskussion zu stellen, selbst das Undiskutierbarste, alles in die Öffentlichkeit zu werfen, selbst das Intimste, — — finden Sie das etwa schön? Ich nicht! Es vergröbert alle Dinge ungeheuer, fälscht sie ins Nationalistische hinein, wischt alle zarten Farbennuancen fort, setzt allem gräßliche, grelle Schlaglichter auf —«

Obwohl Fenia gegen ihn stritt, so sah sie ihn doch ganz unverkennbar so an, als ob sie sich ganz gern widerlegt sähe.

Während er so schön sprach, dachte er an etwas ganz andres:

»Wer mochte dieser Mann sein? Ob er sie schon lange liebte? oder ob es nur ein loses Liebesabenteuer war? Sie war so friedlich und glücklich, — der Klatsch erst hat sie aufgestört, — — ob sie seiner so ganz sicher war —?«

Schließlich brach er, durch diese Nebengedanken behindert, seine Rede ab und platzte ungeduldig heraus:

»Aber das sind ja überhaupt doch nur Bagatellen! Für zwei Liebende bleibt die Hauptsache doch immer, wie sie zueinander, nicht wie sie zur Welt stehen. — — — Wie lange das Glück währen mag, — wie gefestigt es ist, — oder ob man sich bei der ersten Not wieder verläßt, — das quält viel mehr.«

Um Fenias Lippen glitt das sorglose unbefangene Lächeln, das für sie charakteristisch war.

»Warum soll denn das quälen?« fragte sie halb verwundert und halb phlegmatisch, — »ich könnte mir gar nicht denken, daß ich einen Mann, den ich liebgehabt habe, grade in der Not verließe.«

Dermaßen naiv klang das, daß er fast hell aufgelacht hätte.

Er wurde sogar plötzlich ganz irre an seinen bestimmtesten Mutmaßungen. — —

An den verlassenen *Mann* hatte er nicht grade gedacht! — — Führte sie ihn vielleicht doch hinters Licht? Wäre sie nun doch wieder in Wirklichkeit die unschuldige Fenia, so wäre das ja einfach, um aus der Haut zu fahren.

Etwas nervös griff er in Fenias Garnröllchen, die auf ihrem Nähtisch herumlagen, spielte mit ihnen und legte sie unschlüssig wieder hin. Er war gradezu verdrießlich.

Endlich stand er auf, um fortzugehn. Aber jetzt konnte er sich doch nicht enthalten, zu bemerken:

»Wissen Sie übrigens, daß ich kürzlich Ihre Doppelgängerin ebenfalls zu sehen geglaubt habe?«

»Ach!« machte Fenia frappiert, und fragte nach kurzem Schweigen:

»Wann denn?«

»Gestern abend. Nicht sehr weit vom Kloster, wo wir uns neulich trafen. Sie stieg mit einem Herrn in einen Schlitten und sauste mit klingelnden Schellen davon. — — — Ich habe sie übrigens nur von hinten gesehen«, fügte er schnell hinzu, denn plötzlich zweifelte er durchaus nicht länger, und schämte sich seiner unritterlichen Aufwallung. »Also vielleicht sieht sie Ihnen auch nur von hinten ähnlich, Fenitschka.«

Sie erhob sich von ihrem Stuhl und las mit gesenkten Augen von ihrem Rock die Fäserchen und Fädchen ab, die beim Nähen daran hängengeblieben waren.

Sie sah blaß und in sich gekehrt aus. Sehr lieb sah sie aus.

Ihm tat es weh, er verwünschte sich und blickte mit Anstrengung fort.

Da reichte Fenia ihm zum Abschied die Hand.

»Nun, — und wenn sie mir auch von vorn geglichen hätte, — Ihnen das Gesicht zugekehrt hätte, — *Mein* Gesicht, — was hätten Sie sich dann gedacht?« fragte sie und sah ihn dabei an.

Er hielt ihre etwas kalte, etwas nervös zuckende Hand in der seinen, beugte sich darüber und drückte zwei Küsse darauf.

»Liebe Fenitschka!« murmelte er, — »ich würde mir auch dann nichts weiter gedacht haben als nur: welche frappante Ähnlichkeit.«

Dies geschah am Vormittag.

Am Abend wollte Max Werner in die kaiserliche Oper und kehrte nach sieben Uhr in seinem Hotel ein, um sich dazu umzukleiden.

Sein Zimmer lag zwei Treppen hoch, dem Treppenaufstieg schräg gegenüber.

Als er im Hinaufsteigen einmal aufblickte, sah er von oben herab eine verschleierte Dame kommen, die er durch Haltung und Bewegung fast augenblicklich erkannte.

Es war Fenia.

Ihn durchblitzte förmlich der Schreck, ihr in den Weg gekommen zu sein. Diese erste jähe Überraschung in seinen Zügen konnte er hinterdrein nicht wiedergutmachen, mit so unbeteiligter Miene er dann auch, fremd und harmlos, auf der Treppe an ihr vorbeizugehn suchte.

Sie zauderte einen Augenblick auf der Stufe, wo sie einander begegnet waren.

Dann, blitzschnell, drehte sie sich um, eilte ihm die übrigen Stufen nach, erreichte ihn grade noch, als er im Begriff stand, ganz entsetzt in seinem Zimmer zu verschwinden, und riß den Schleier von ihrer Mütze.

»Max!« schrie sie leise, heiser, mit zugeschnürter Kehle; »nein! das hier ertrag ich nicht!«

In höchster Bestürzung blieb er stehn, und seine erschrocken forschenden Blicke irrten über sie weg nach der Treppe, ob auch niemand ihren Aufschrei gehört habe.

Dann stieß er die schon aufgeschlossne Zimmertür auf und schob Fenia, so eilig er konnte, hinein. Denn vom untern Stockwerk wurden Stimmen laut, und einer der Tatarenkellner geleitete fremde Herrschaften hinauf.

»Liebe Fenitschka!« murmelte er fassungslos und horchte gespannt nach dem Gang.

Sie stand, den Schleier in ihrer Hand zusammengekrampft, und zitterte am ganzen Leibe, während sie mit einem wilden Blick um sich sah und hinter sich, — als stände da irgend jemand.

»Nein! nein! ich will das nicht! ich ertrag das nicht!« rief sie außer sich, — »Sie glauben, mich mitleidig ignorieren zu müssen, — und jetzt wieder — — — mich schützen, — ich bin doch keine Verbrecherin, die man aus lauter ritterlicher Schonung nicht erkennt, — o nein, pfui!«

Und sie brach in leidenschaftliches Weinen aus. Er schob den einzigen bequemen Lehnsessel heran und drückte sie sanft hinein.

»Beruhigen Sie sich doch nur ein wenig, Fenitschka«, sagte er, — »was sind denn das für Ideen — Verbrecherin, — Unsinn! Wollen Sie etwas trinken? Wein, — Limonade? — Knöpfen Sie den Pelz ein wenig auf, Sie ersticken mir sonst noch hier. Darf ich ihn ein wenig aufknöpfen?«

Sie stieß seine Hand hinweg und weinte weiter. Er kniete neben ihr auf den Teppich hin und bückte demütig den Kopf.

»Ach, Fenia!« sagte er lachend, »was sind Sie doch für ein verrückter Kerl! — Wenn Sie wütend sind, so zausen Sie mich, bitte, am Haar, — schlagen Sie mit Ihren lieben Fäusten drein, — das dürfen Sie tun. — — Aber mit solcher Hingebung zu weinen! — Werden Sie wieder ruhig und lieb, ja? — — Sonst sperre ich Sie wahrhaftig ein und stelle Sie in den Winkel. — — — Wissen Sie nicht mehr, wie ich Sie mal eingesperrt habe in Paris? Ach ja, damals haben Sie mich einigermaßen mißhandelt. Aber jetzt — jetzt sind wir doch Freunde, feste, gute Freunde! Etwa nicht, Fenia? Ich gehe für Sie durchs Feuer, wenn Sie wollen.«

42

Sie nahm ihr Taschentuch vom Gesicht und sah ihn mit ihren nassen, geröteten Augen an.

»Wie sollte ich wissen, daß Sie hier wohnen«, sagte sie mit noch von Tränen erstickter Stimme, — »Sie waren ja doch im Hotel de Paris. — — Sonst wäre ich — hätte ich — —« sie stockte und wurde verwirrt.

»Ja, das war eine entsetzliche Dummheit von mir, es Ihnen nicht rechtzeitig zu sagen, daß ich jetzt hier — — aber andrerseits, wissen Sie, konnte ich ja auch nicht wissen, daß Sie —«, murmelte er, und setzte in leichtem Ton hinzu: »— nun, was macht es denn! Soll ich Ihnen einen Schlitten besorgen? Waren Sie im Fortgehn?«

Fenia sprang auf, und eine Blutwelle ergoß sich über ihr verweintes Gesicht. Sie sah zornig und beinah wild aus.

»Hören Sie mich!« rief sie entschlossen, »wozu spielen Sie Komödie mit mir, wozu fassen Sie mich wie eine zerbrechliche Puppe an, der man gern was vormachen kann, wenn man sie nur schön in Watte packt! Ich weiß sehr gut, daß Sie alles wissen! Nun wohl, so wissen Sie es denn! Ja, ja, ja, es ist so! Ich kam hierher, weil ich neulich hier in meinem Zimmer etwas vergessen habe. Denn ich *habe* hier ein Zimmer. — — — Und gestern nacht, — gestern nacht war ich es, die in den Schlitten stieg mit einem Mann, den ich lieb habe!«

Er fand sie herrlich, wie sie mit fliegendem Atem das sagte. Herrlich wie ein Mensch, der Gefahren trotzt, wie ein Mensch im Todessprung, oder vor dem Feinde, vor dem Schuß, den er nicht in den Rücken erhalten will. In ihrem Gesicht prägte sich ein verzweifelter Heroismus aus, und in ihren Blicken zitterte dennoch das ganze Entsetzen vor der Heimlichkeit, vor der Verfolgung, — und vibrierte in ihrer Stimme.

Er faßte ihre Hände und küßte sie.

»Danke, Fenia!« sagte er ernst, »ich danke Ihnen! Nein, wir wollen keine Komödie spielen, — wir haben es beide nicht nötig, — nicht wahr? Dafür aber nehmen Sie mich zum Freunde und Bundesgenossen an, ja? — — Ich weiß wohl, daß nur der elende Zufall mich zum Mitwisser gemacht hat. Aber lassen Sie es keinen Zufall bleiben, machen Sie ein Vertrauen daraus! Darf ich es so auffassen?«

Sie zog ihre Hände aus den seinen, hob sie an ihre Schläfen, als sei ihr der Kopf am Zerspringen, und schaute ihn ganz ratlos und kindlich an.

»Wissen Sie, das ist wie eine Erlösung! — Wie eine Erlösung!« sagte sie, — »wie eine Erlösung, daß es ausgesprochen ist! Wenn ich es doch schnell hinausschreien könnte, — hinaus! hinaus! Allen in die Ohren! So daß niemand es erst mit seiner Neugier zu erschleichen braucht! — — — Ach, ein Grausen hab ich in letzter Zeit bekommen, — ja, ein solches Grausen, als ob lauter Gespenster um mich herumliefen, — ein Grausen, wie ich es als kleines Kind manchmal im Traum gehabt habe, wenn jemand hinter mir war, und ich lief und lief, — — und doch nicht vorwärts konnte.«

Es durchschauerte sie. Ihre Augen öffneten sich ganz groß und erschreckt.

»Sie müssen sich zusammennehmen, Fenia!« sagte Max Werner in bestimmtem Ton und faßte ihre Hand, »augenblicklich sind Sie in einem Zustand, wo Sie sich fortwährend selbst verraten würden. Ich lasse Sie so nicht fort. — — Dies Grausen, wovon Sie sprechen, müssen Sie beherrschen, es darf Ihnen nicht über den Kopf wachsen, hören Sie? Es ist Nervenüberreizung, es wird vorübergehn, Fenitschka.«

Sie hatte den Pelzmantel vorhin zurückgeworfen und auf die Sessellehne hinter sich niedergleiten lassen. Sie stand im Kleide, aber scheu, wie auf dem Sprung. Ihre Blicke gingen flüchtig durch das Zimmer, über die ihr fremde Umgebung, als frage sie sich nun erst, warum sie eigentlich hergeraten sei, warum sie verweile.

Max Werner fürchtete, daß nach dem ersten, fast willenlosen Ausbruch sie sich plötzlich von ihrer eignen Offenheit kalt und peinlich berührt fühlen könnte, — unter der Situation leiden, worin sie sich ihm gegenüber befand. Er fügte deshalb schnell hinzu:

»Sehen Sie sich nicht erst hier um, es ist kein herrlicher Aufenthaltsort, das geb ich zu! Aber da Sie einmal bei mir zu Besuch sind, entlaufen Sie mir nicht gleich wieder, Fenitschka. Setzen Sie sich ein wenig her, hier ist niemand, der Sie beunruhigen oder belauschen kann, — denken Sie sich, Sie seien ruhig zu Hause. — — Und wissen Sie, daß in diesem selben Zimmer Ihnen jemand nahe ist, der auch ›das Grausen‹ hat überwinden müssen , um meinetwillen, Fenia, — jemand, den Sie innig lieben würden.«

Damit hatte er das richtige Wort getroffen. Sie setzte sich wieder und blickte ihn erstaunt und erwartungsvoll an, — für den Augenblick von sich selbst abgelenkt —.

»Ist ›sie‹ hier? Wo?« fragte sie leise.

»Nein, sie selbst nicht. Aber dort im Handkoffer, — da liegen wohlverschlossen in einer Kassette alle ihre Briefe. Und so sind Sie hier in feiner, lieber Menschennähe, Fenia, das dürfen Sie glauben. Diese Briefe würden Ihnen erzählen, wie gern auch sie offen gegen alle Welt wäre, — und es doch nicht darf.«

»Ja, ja!« fiel Fenia etwas hastig ein, — »genauso ist es eigentlich auch bei uns.«

»Haben Sie ihn hier in Rußland getroffen?«

»Nein. Er ist mir hierher nachgereist.«

»Also kein Russe.«

Sie sah erstaunt auf.

»Kein Russe?! — — Ach so, — ja, warum sollten Sie nicht meinen, daß es ein Ausländer sein könnte — —. Kein Russe! nein, das wäre mir unfaßlich. Für mich liegt eine ganze Welt darin, daß er ein Russe, — mein Landsmann, mein Bruder, ein Stück von meinesgleichen ist.«

»Sie haben doch aber mit Ausländern schon so früh und so vertraut verkehrt, studiert, — wie leicht hätte einer —«

»Ja, verkehrt, studiert!« unterbrach sie ihn. »Und damals dachte ich auch wohl: die Liebe, das ist sicher nur die höchste Fortsetzung solcher kameradschaftlichen Freundschaft, wo man ja schon so vieles teilt —.«

»Aber keinen davon haben Sie geliebt?«

Sie schüttelte den Kopf. »Nein. Nie. Um manchen, der um deswillen fortging, trauerte ich. Aber was konnte das ändern? Ich wartete darauf, daß die Freundschaft in mir bis zur Liebe stiege — —. Sie stieg auch zuweilen, — immer höher und höher, — aber nicht in die Liebe hinein, — sie wurde dann zugleich immer dünner und spitzer, — — und eines Tages brach stets die Spitze ab.«

»Also ist es schließlich auch gar nicht einer Ihrer eigentlichen Geisteskameraden gewesen?«

»O nein!« sagte sie lebhaft, — »es war einer, mit dem ich noch nichts teilte. Den ich kaum kannte. — Grade nach Beendigung meiner Studien, während einer Erholungsreise. — — Ja, und im Grunde trieb es mich auch nicht, mit ihm dies und das zu teilen, —

oder irgendwohin dort oben hinaufzuklettern, wo die Spitzen doch immer abbrachen. — — Dazu war ich auch zu angestrengt und erholungsfroh. — — Aber mich trieb es fast von der ersten Stunde an, zu ihm hinzutreten und ›du!‹ zu ihm zu sagen.«

Sie hatte den Kopf gesenkt und sprach mit einem glücklichen Lächeln um die Lippen. Sie sah bei ihren Worten ganz weltentrückt und bräutlich aus. Er schaute sie mit Entzücken an.

»Ja, so geht es nun im Leben zu«, bestätigte er, bemüht, sie in der schönen Stimmung zu erhalten, »man macht sich große Theorien, man will geistig zusammenpassen und will sich auf Herz und Nieren prüfen, — und schließlich wählt man einander doch in der Gunst der Stunde, und ohne alle weitern Kennzeichen.«

»Aber das sind ja die allertiefsten Kennzeichen!« rief sie erstaunt, — »das ist ja eben der ungeheure Irrtum, zu glauben, daß ›Geist‹ und ›Seele‹, und wie alle diese schönen Dinge im Menschenverkehr heißen, etwas Edleres oder Tieferes sind als sie. Nein, das weiß ich besser! Besonders der Geist, der ist schon durchaus nicht edler, sondern das Gröbste und Pöbelhafteste ist er, und saugt sich mit seinem kalten Interesse unterschiedslos an die allerverschiedensten Menschen an, um sie loszulassen, sobald er ihnen ihr Interessantes entnommen hat. Das hab ich oft getan, — pfui! — — Aber auch die sogenannten seelischen Freundschaften! Etwas wählerischer sind sie, aber auch sie kann man zu mehreren Menschen haben, mehrere können sich folgen, denn man bekommt ja auch in ihnen nur ein Teilchen des ganzen Menschen, und gibt nur ein Teilchen. — — Man bleibt bewußt, — geizig, — genügsam.«

Was sie da sagte, kam ihr aus dem tiefsten überzeugten Herzen. Sie verkündete es wie eine jauchzend errungene Lebenserkenntnis, — sie war stolz darauf.

»Sie sind ein rätselhaftes Mädchen, Fenia!« sagte Max Werner. »Und ich — ich habe Sie für kühl gehalten — —. Oder doch wenigstens nicht recht zugänglich für den wirklichen Rausch. Wer so jahraus, jahrein mit Männern umgehn und studieren kann, ohne jemals in *das* überzuschlagen, was — nun, was in solchen Fällen doch wohl das Gewöhnlichste ist —«

»Das Gewöhnlichste?! Nein, das glaub ich schon nicht. — Es

ist ja das Seltenste und Vornehmste, was es im Leben geben kann. So sehr, daß alles andre daneben nur noch schäbig und gemein aussieht —«

»Sie *meinen* das wirklich — — —?«

»Ja, sicherlich, mein Gott! Wie kann man daran zweifeln! Wie können Sie es, der selber geliebt wird!« rief sie, rot überflammt von Erregung, und sprang auf, —»da kommt nun etwas und nimmt einen hin, und man gibt sich hin, — und man rechnet nicht mehr, und hält nichts mehr zurück, und begnügt sich nicht mehr mit Halbem, — man gibt und nimmt, ohne Überlegung, ohne Bedenken, fast ohne Bewußtsein, — der Gefahr lachend, sich selbst vergessend, — mit weiter — weiter Seele und ohnmachtumfangenem Verstande, — — und das, *das* sollte nicht das Höhere sein? Darin sollten wir nicht unsre Vornehmheit, unsern Adel haben? — —«

Sie stand da, von ihren eignen Worten berauscht, und sah so schön aus —.

Er hütete sich wohl, die Einwände laut werden zu lassen, die ihm auf der Zunge saßen.

Fenia erwartete auch keine Antwort. Sie verstummte, besann sich einen Augenblick auf die Wirklichkeit und sagte dann mit ihrer gewöhnlichen Stimme:

»Helfen Sie mir in den Pelz. Ich will jetzt endlich nach Hause fahren.«

Er hielt ihr den Pelzmantel hin und bemerkte bittend:

»Aber doch nicht allein? Soll ich Sie nicht nach Hause begleiten? Sie sind jetzt doch in ganz beruhigter und fröhlicher Stimmung, nicht wahr, Fenia, — ich kann mich darauf verlassen?«

Sie nickte.

Ja. Mag's nun kommen, wie es Lust hat. Ich kann nicht lange so gequält leben. Ich muß sorglos leben, oder gar nicht. Darum sind Heimlichkeiten mir so unsäglich wider die Natur. — — Froh bin ich, daß ich jetzt wenigstens zu Ihnen offen sprechen kann. — — Aber bitte, begleiten Sie mich nicht. Der Portier unten wird mich in den Schlitten setzen. Ich möchte lieber allein sein.«

»Wie Sie wünschen. Aber zum mindesten gehen Sie nicht so fort, Fenia, — möchten Sie sich nicht erinnern — nach allem, was wir nun gemeinsam haben, — daß wir schon einmal Brüderschaft getrunken haben? Möchtest du nicht, wenn du nun zu mir sprichst, mich ein bißchen weniger steif anreden?«

»Ja gewiß. Du — und Bruder — von heute an!« entgegnete sie herzlich und ernst. »Ich werd es nicht vergessen. Ich nehm es als einen festen Bund.«

»Danke, — und die Bundesbesiegelung?« fragte er und hielt ihre Hand noch fest, als sie auf die Tür zuging. Da hob sie den Kopf und gab ihm einen Kuß auf den Mund, — einen herzlichen, unbefangenen Kuß.

Aber ihre Lippen brannten noch von den leidenschaftlichen Worten, die sie vorher gesprochen.

M ax Werner blieb keine zwei Wochen mehr in Petersburg, aber in der Rückerinnerung kam es ihm immer wie eine weit längere Zeitstrecke vor, so reichen Inhalt empfingen diese Wochen durch seine neue Beziehung zu Fenia.

Selten ein Tag, wo er sie nicht sah, selten einer, wo er nicht den ungewohnten Reiz einer so zutraulichen weiblichen Nähe ohne alle erotischen Nebengedanken durchkostete. Es schien ihm ein gradezu idealer Fall, geschaffen dank ihrer beiderseitigen Benommenheit von einer andern Liebe, und ganz besonders begünstigt durch Fenias Gewohnheit, sich Männern gegenüber zwanglos gehnzulassen.

»Ein Mädchen wie Irmgard erschließt sich nur, wo es liebt, und hält sich sonst stets in der etwas kalten Strenge ihrer Mädchenhoheit zurück, — verschlossen und herb. Aber schließt sich denn ein Weib wirklich auf, wo es liebt? Täuscht es sich nicht unwissentlich darüber?« fragte er sich oft.

So zum Beispiel sprach Fenia sicher zu dem Manne ihrer Liebe mit viel rückhaltloserer Intimität als zu ihm, — aber tat sie es nicht auch weniger einfach und sachlich, — unbewußt bemüht, alles Verwandte in ihm und ihr hervorzukehren und einander zu vermählen, alles Störende zu beseitigen?

Ihm gegenüber fiel das fort, und er sah sie manchmal vor sich gleich einem Modell, dessen Seelenformen er nur abzubilden brauchte, — nicht so, wie eine Geliebte vor ihm stehn würde, deren

48

seelische Reize so individuell wirken, daß sie das klare Urteil bestechen und verwirren, — sondern wie ein Stück weiblichen Geschlechtes in der bestimmten Verkörperung, die sich Fenia nannte. Zum erstenmal glaubte er, dem Weibe als solchem nahzukommen, indem er Fenia immer näherkam.

Persönliches aus ihrem Liebesleben erzählte sie ihm nie. Sein Wissen um dieses Ereignis wirkte nur wärmend und belebend auf alles, was sie sonst miteinander teilten. Seine Gedanken indessen kreisten mehr als einmal um den ihm fremden Menschen herum, dem dies liebe Geschöpf zugehörte, und je nach Laune und Stimmung machte er sich von ihm die allerverschiedenartigsten Vorstellungen.

Während einer Abendgesellschaft beim alten Baron, wohin er Fenia begleitet hatte, erwähnte sie gegen ihn zum erstenmal wieder der heimlichen Angelegenheit, wodurch sie Freunde geworden waren.

Das Souper war eben beendet, und man stand oder saß zwanglos in kleinern Gruppen zusammen, wie der Zufall es grade gab. Er hatte sich lange mit Nadeschda und ihrem Verlobten unterhalten, — dem Typus eines Brautpaars, das sich gern isolieren möchte und statt dessen seine Blicke und Worte an alle verteilen muß. Jetzt näherte er sich Fenia, die im Augenblick allein — und wie immer in lächelnder Beobachtung des bunten Menschenbildes, — hinter einer Palmengruppe am Fenster saß, und blieb vor ihr stehn.

»Weshalb schaust du mich so an?« fragte Fenia.

»Ich vergleiche dich im stillen mit der andern Braut hier im Saal; – an der armen Nadeschda ist heute alles erzwungene Höflichkeit und verhaltene Sehnsucht; sie hat rote heiße Flecken auf den Wangen, und ihre Augen glänzen zu sehr.«

Fenia lachte.

»Hoffentlich bemerkt der Onkel das nicht!« sagte sie.

»Und über dir, wie du da sitzest, ist eine solche selige Ruhe ausgegossen.«

»Ich habe eigentlich gar keinen Grund, so selig zu ruhen«, entgegnete Fenia, aber ihre vollen warmen Lippen lächelten immer noch, — »denn heute haben ›wir‹ uns zum erstenmal — gezankt.«

»O das ist mir höchst interessant«, bemerkte er ziemlich eifrig und zog einen Stuhl heran — »darf ich wissen, was der Anlaß war?«

Jetzt sah sie ernster aus, eine kleine Falte schob sich sogar zwischen ihre Augenbrauen, die über der Stumpfnase ganz nah zusammenkamen.

»Der Anlaß ist ganz gleichgültig. Der Grund ist einfach: er ist gequält und gereizt«, sagte sie.

»Mein Gott! er, der es so gut hat?«

»Er leugnet eben, daß er es gut hat«, fiel sie ein, »aber die Wahrheit ist: er ist viel anspruchsvoller geworden. — — Wir haben uns immer nur stundenweise gesehen — von allem Anfang an, — und nicht einmal täglich. — — Sich zu allen möglichen Tagesstunden, im Hellen, — — zu allen möglichen Beschäftigungen und Ausgängen zu treffen ist doch nun einmal einfach unmöglich.«

»Und das ist es also, was er will?«

»Ja. Er sagt, das sei das einzig Natürliche. Alles andre sei Qual. Nach seiner Auffassung sollte man sich überhaupt so gut wie gar nicht trennen. — — Dabei sieht er ein, daß wir uns des entstandenen Klatsches wegen eher seltener sehen sollten.«

»Sage mir nur, Fenitschka, warum machst du es dir nicht leichter, — warum führst du ihn zum Beispiel nicht hier bei deinem Onkel ein, — wär er nur anerkanntermaßen dein Freund, wie ich, — so — so —«

Sie sah ihm grade in die Augen.

»So könnte er insgeheim viel bequemer mein Geliebter sein, nicht wahr?« vollendete sie.

»Mach doch nicht gleich solche Augen! was steht dem eigentlich entgegen?« warf er ein.

Sie sagte nur leise, ohne ihren Blick von dem seinen zu lassen:

»Es würde häßlich werden! Und ich will, daß es schön ist.«

»Nun, streiten läßt sich über dergleichen ja nicht. Aber dir selbst fällt es doch wohl ebenso schwer wie ihm, euren Verkehr nicht nach Belieben ausdehnen zu können, — daher schlug ich es nur vor.«

Sie senkte die Augen und schien nachzudenken, wie sie es so oft mitten im Gespräch tat. Eine leichte Röte stieg dabei in ihre Wangen.

»Ja, weißt du, für mich ist es ja eigentlich wieder anders als für ihn«, erwiderte sie darauf zögernd, »— ich kann nicht recht sagen, woran das liegen mag. Aber jedenfalls wär es ja für mich nichts so Seltenes und Neues, mit einem Manne alle möglichen Interessen und Beschäftigungen zu teilen, — alle Stunden des Tages in anregender und geistig fördernder Weise zu verbringen. *Ihm* ist das neu. — — Ich — ja, ich sehne mich lange nicht so stark danach. — — Würdest du es tun?

»Ich?!« fragte er etwas unsicher und dachte an Irmgard, »— ich glaube, das würde außerordentlich nach meinen Stimmungen wechseln. — — Aber vergleiche mich doch nicht mit deinem — — deinem — —. Er ist vielleicht fürchterlich konsequent und ernsthaft?«

Sie lachte leise auf, voll Schalkhaftigkeit.

»Nein, das ist er nun doch nicht. Jung und lieb ist er, — von allen meinen Bekannten und Freunden der am wenigsten ernste. — Wir fingen nicht grade mit der Philosophie an, — er hatte keine Ahnung, daß ich mit *der* was zu tun gehabt hatte. Im Gegenteil, er hielt mich ursprünglich für recht leichtlebig, — weil ich so frei zu leben schien. — — Ihr seid eben rechte Menschenkenner!« fügte sie mit einer kleinen verächtlichen Grimasse hinzu.

»Was sagte er denn, als es ihm allmählich aufging, daß er einen promovierten Doktor vor sich hatte?«

»Ach, das ist ihm ja niemals aufgegangen. Davon hat er nicht viel zu sehen bekommen. — — Aber doch sagt er jetzt, er habe früher nicht gewußt, daß man mit einer Frau geistig so stark verschmelzen könne, — und hätte er es nur geahnt, so würde er mich von allem Anfang an so anspruchsvoll geliebt haben, wie jetzt, — mit solchen Ansprüchen an alle meine Zeit und jeden meiner Gedanken.«

Max Werner schwieg dazu und dachte sich im stillen mancherlei. Ein paar Minuten ließen sie, ohne zu reden, das Stimmengewirr der Menschen um sich herumsummen; einer der Diener in Matrosenlivree kam zu ihnen mit seinem silbernen Tablett voll Obst und Süßigkeiten, ein paar der Gäste fingen an, sie in ihrem Versteck zu bemerken. Fenia schaute mit blinzelnden Augen in den Kerzenglanz, sie beobachtete nicht mehr, sie träumte. Aber immer noch lag die selige Ruhe über ihren Zügen ausgebreitet.

»Weißt du noch, wie du mir mal auf dem Newskij, vor Pasettis Kunstverlag, sagtest: das Kostbarste, was Liebe gibt, das ist Frieden?« fragte Max unwillkürlich. Sie nickte und atmete tief auf.

»Ja! Vom ersten Augenblick an war es so. Dank ihm, daß ich Frieden kenne! Ein so tiefes Ausruhen und Genügen. Nicht einmal

Sehnsucht, — nicht Qual nach mehr, — nicht alle diese innern Kämpfe, — wie *er* sie jetzt durchmacht. Ich verstehe das einfach nicht. — — Ich ruhe wie in einer Wiege, weißt du, — die leise geschaukelt wird, — darüber blauer Sommerhimmel, und ringsherum blühende Wiese, — hochstehende, üppige Wiese voll Klee und langen Halmen, so wie sie kurz vor dem Mähen ist, — — hier in Rußland haben wir so wundervolle solche Wiesen. — — Oder vielleicht lieg ich auch nur wie eine Kuh im frischen Wiesengras mitten unter den gelben Butterblumen, — so friedlich prosaisch. Nein, ich kann nicht nachdenken. Ich bin so glückselig verdummt. — Es langt grade noch, um drüben die blöde Unterhaltung mitzumachen«, fügte sie hinzu und erhob sich aus ihrer lässigen Haltung, weil einige der Gäste auf sie zukamen. —

Als Max Werner diesen Abend heimging, mußte er viel an Fenia denken, und in der Nacht schlief er unruhig und träumte von ihr. Sie trug einen Kranz von gelben Ranunkeln im Haar und saß im Gras. Wie er sich aber zu ihr setzen wollte, wehrte sie ihn ab und sagte, er solle bessere Haltung vor ihr bewahren, denn sie sei die Wiesenherzogin. »Ach, Fenitschka, warum hast du nur gelbe Ranunkeln auf dem Kopf, — Rosen würden dir viel schöner stehn«, bemerkte er zu ihr, auch noch im Traum galant, und wagte nicht, sich hinzusetzen. Sie aber sah ihn mit demselben strengen Blick an, wie gestern bei seinem Vorschlag, ihren Freund bei ihrem Onkel einzuführen, und entgegnete mit herzoglicher Hoheit: »Auch die Ranunkeln färbt dieselbe Sonne.«

Er erwachte durch die Anstrengung, dies tiefe Wort gehörig zu enträtseln. Es war schon spät am Vormittag, und er beschloß, in die Eremitage zu gehn. Unterwegs jedoch traf es sich, daß er statt dessen zu Fenia in ihre Wohnung hinaufstieg.

Zu seinem Bedauern fand er sie nicht zu Hause. An diesem Morgen war er ein wenig verliebt in Fenia; er wußte nicht, ob sein Traum hiervon die Ursache, oder die Wirkung sei.

Langsam und etwas mißmutig ging er den Weg nach seinem Hotel zurück. Es schneite schwach, in winzigen, harten Körnchen, die an Hagelgraupen erinnerten und auf dem Sand, womit die Trottoirs bestreut waren, weiß und rund liegen blieben wie Perlen. Der Himmel hing tief, tief herab, grau und lichtlos, und unter seinem gleichförmigen Schiefergrau ballten und stopften sich noch große weiße Wolken gleich Federkissen; es sah wahrhaftig aus, als habe der Himmel droben sich gut auswattiert, um sich vor der Kälte bei den Menschenkindern unten zu schützen.

Unterwegs traf er Fenia. Er sah sie auf der andern Seite des Trottoirs und ging über den Straßendamm auf sie zu; sie bemerkte es, blieb stehn und wartete auf ihn.

»Ich hatte dir einen Besuch zugedacht«, sagte er, während sie sich die Hand schüttelten, »fand dich aber nicht und fürchtete schon, dich heute nicht mehr zu sehen. Daher bin ich dem Zufall jetzt doppelt dankbar.«

Sie sah ihn lächelnd und nachdenklich an.

»Ich bin ihm auch dankbar!« entgegnete sie, — »deinen Besuch hätte ich nämlich nicht angenommen—. Keinen Besuch, der heute kommt. — Und nun, wo ich dich unerwartet treffe, merke ich, daß ich mich drüber freue, mit dir zu gehn und zu plaudern. — — So wenig kennen wir uns selbst.«

»Woher kommst du denn?« fragte er im Weitergehn.

»Von einem zwecklosen Hinundhergehn. Ich ertrug's in der Stube nicht. Ertrag's aber auch draußen nicht. Ich habe entsetzliche Sorgen, Max. — — Denke dir, — vielleicht kann ich ›ihn‹ nur noch wenige Male wiedersehen.«

Er blieb stehn.

»Wie das, — warum?!«

»Es hat sich so zugespitzt — all das mit den Heimlichkeiten. Wir sind nicht mehr sicher, — nirgends mehr. Es geht einfach nicht mehr. Es geht absolut nicht.«

»— Und gar kein Ausweg? man findet ihn ja doch schließlich in solchen Fällen.«

Fenia schüttelte den Kopf.

»Im Auslande zu leben wäre einer, — ja. Aber ich bin hier durch meine Stellung gebunden und habe keine andern Existenzmittel. Und im Ausland wär es dasselbe — in einer Stellung. Es scheint, man muß reich sein dazu. Lehrerinnen sind, scheint es, davon ausgeschlossen.«

»Aber deshalb könnt ihr doch nicht auseinandergehn?!«

Fenia lachte dazu unwillkürlich. Ihr ganzer froher Unglaube an irgendein Auseinandergehn lachte aus ihren Augen. Aber die Augen waren gerötet wie vom Weinen.

»Wir haben eben die Wahl zwischen zwei Unmöglichkeiten«, sagte sie, noch lächelnd, und ging langsam weiter, »— ich war so tief im Glück und Frieden, weißt du, daß ich noch ganz dumm bin: ich begreif's noch gar nicht, daß es Sorgen gibt — im Himmel.«

Sie standen an ihrer Haustür.

»Höre, Fenia«, bat er, »laß uns doch noch ein wenig zusammenbleiben, — kann ich nicht hinein?« —

Sie hatte die Tür geöffnet, und der Portier mit den Silberlitzen kam dienstbeflissen herbei, wollte hinter ihr schließen, und händigte ihr zugleich zwei inzwischen eingelaufene Briefe aus.

Fenia blieb auf der Schwelle stehn, besah die Briefadressen und bemerkte dabei zu Max:

»Ich beabsichtigte eigentlich noch nicht, hinaufzugehn, wir können also gern noch ein wenig draußen bleiben, — aber ich erwartete Nachrichten, und deshalb« — sie warf einen schalkhaften Seitenblick auf ihn und fügte hinzu: »— Diesen einen, siehst du, der ohne Marke hergebracht worden ist, den muß ich gleich lesen. Es handelt sich um die Verabredung einer Stunde zu heute — oder morgen.«

Er ließ sie lesen, während sie die Straße langsam entlangschritten, und musterte dabei ungeduldig den Sand und Schnee auf dem Trottoir zu seinen Füßen. Heute morgen kam ihm Fenias Auserwählter etwas in die Quere.

Als Fenia aber den Brief eingesteckt hatte und, wie ihm schien, Minuten vergingen, ohne daß sie sprach, sah er scharf nach ihr hin.

Der Ausdruck ihres Gesichtes hatte sich ganz verwandelt, — zum Erschrecken verwandelt hatte er sich. Sie war erblaßt, um den Mund ein gespannter, nervöser Zug, ihre Augen blickten mit einer gewissen verwirrten Anstrengung grade vor sich hin.

»Fenia!« sagte er halblaut, »— was ist dir? was ist denn geschehen? Steht im Brief irgend etwas Schlimmes?«

»Ist er tot, — — — untreu?« fuhr es ihm durch den Kopf, und er konnte seine eignen Gefühle dabei nicht recht deutlich unterscheiden.

»Nein, — nein!« widersprach sie hastig, »— es ist nur, — ja, etwas Schlimmes.«

»Kann ich es nicht wissen? — — Nein, natürlich nicht, wenn du nicht magst.« —

»Doch, — warum denn nicht? — — Es ist ja«, — sie stockte, und setzte dann leise, fast scheu hinzu:

»Er will, daß wir uns heiraten sollen.«

»Heiraten!«

Er rief es zuerst ganz konsterniert; gleich darauf bemerkte er aber selbst: »Ja, lieber Gott, warum auch nicht? Das ist doch eigentlich ganz natürlich? Hast du denn nicht selber schon an dieses Ende gedacht?«

»— Ich? — Nein, — ich, — es schien ja aus äußeren Gründen zunächst so ganz unmöglich, — ich meine: es ging eben noch nicht, — so daß man nicht daran denken konnte, — — nicht zu denken brauchte«, erwiderte sie, noch ebenso scheu und verwirrt, — bedrückt.

»Nun — und jetzt?«

»— Er hat irgendeine Anstellung im Süden erhalten, — was weiß ich, — — ach, ich weiß nicht. — — Mir ist so furchtbar zumut«, sagte sie hilflos und sah aus, als ob sie gleich anfangen wollte loszuweinen.

Max Werner bog in eine kurze breite Nebenstraße ein, wo sie vor der Menschenmenge auf dem Newskijprospekt sicher waren. Nur ein paar Kinder rutschten spielend und schreiend auf einem schneefreien Eisstreifen längs dem Damm umher.

»Aber, Fenitschka, auf dem Gut, während der Hochzeit meiner Schwester, warst du ja noch so vollgestopft mit den allergraulichsten Ehebetrachtungen!« sagte Max Werner beruhigend, »— willst du denn nicht —«

Sie blieb stehn und sah mit ihren großen, klaren, so eigentümlich seelenoffenen Augen zu ihm auf.

»Ist es dir jemals so vorgekommen, — in dieser ganzen Zeit, — als ob ich heiraten wollte?«

»Nein, — das wohl nicht«, gab er zu, »aber es mußte schließlich —«

»Ich konnte es auch gar nicht wollen!« unterbrach sie ihn, »sage mir, will es denn etwa einer von euch, — will es ein junger Mensch zum Beispiel, der seine ganze Jugend drangesetzt hat, um frei und selbständig zu werden, — der nun grade vor dem Ziel steht, — auf der Schwelle, — der das Leben grade um deswillen liebgewonnen hat, — um des Berufslebens willen, um der Verantwortlichkeit willen, um der Unabhängigkeit willen! — Nein! Ich kann es mir einfach nicht als Lebensziel vorstellen, — Heim, Familie, Hausfrau, Kinder, — es ist mir fremd, fremd, fremd! Vielleicht nur jetzt, — vielleicht nur in dieser Lebensperiode. Weiß ich's? — Vielleicht bin ich überhaupt untauglich grade dazu. — — Liebe und Ehe ist eben nicht dasselbe.«

Sie sprach rasch und erregt, sie vergaß ganz, wo sie war, und lehnte sich einfach mit dem Rücken gegen eine Hausmauer, vor der sie gerade standen. Dies war sicher kein geeigneter Aufenthalt für eine solche Unterhaltung; Max Werner fürchtete, sie könnte mit ihrem Tuchpelz an der weißbeworfenen Hauswand festfrieren, und außerdem rieselten die kleinen, feinen, runden Schneekörnerchen unablässig um sie nieder. Aber dabei war er selbst in einiger Spannung und Erregung; er war, offen gestanden, bezüglich des Mannes, der da soeben Fenia einen Heiratsantrag gemacht hatte, nicht ganz ohne Schadenfreude, — — aber da hinein mischte sich ein ganz sonderbares Gefühl, — fast ein verblüfftes, beleidigtes, — fast, als sei er es, den sie abgewiesen habe. — — Das war die Verblüffung über ihre Worte, — Worte einer Frau, die ganz so sprach, als sei sie ein Mann und als sei es eine unerhörte Zumutung, einen Mann, seinesgleichen zu heiraten. —

»Das ist mir denn doch noch nicht vorgekommen, Fenitschka«, sagte er und trat von einem Fuß auf den andern, denn ihn fror sehr, »— diese spitzfindige Unterscheidung zwischen Liebe und Ehe. — Wenn du deiner Liebe sicher bist, dann dürfen dich auch die Schwierigkeiten des Ehelebens nicht abschrecken, — die wahre Liebe setzt sich drüber hinweg, — glaube ich. Und dann, siehst du, soll es ja auch grade so schön sein, alles miteinander zu teilen, — und besonders, wenn es für immer ist, — und selbst wenn Krankheit, oder Sorge, oder sonstige Unannehmlichkeiten mitunterlaufen, — nun, so hat man doch dafür ein wahrhaftes, wirkliches Stück Leben miteinander gelebt, — und grade das will die Liebe, — sie will doch nicht etwa nur den Genuß? O nein, bewahre! sie hat sozusagen die Tendenz zur Ehe.«

Fenia hörte ganz aufmerksam, mit zur Seite geneigtem Köpfchen zu; unendlich lieb schaute sie dabei aus, mit ihren halbgeöffneten Kußlippen, — wie jemand ungefähr, der einer gar erstaunlichen Mär und Kunde lauscht.

»— Denkst du das wirklich?« fragte sie zweifelnd und erwartungsvoll, »— ich meine, denkst du so im tiefsten Ernst? Hast du denn jemals diese Dinge so empfunden, wie du da sagst, — grade so?«

»— Ich? — — Nun, ich selbst grade nicht. — — Aber ich hab es von andern gehört«, bemerkte er etwas kleinlaut.

Sie bückte enttäuscht den Kopf.

»Von andern gehört!« wiederholte sie.

Sie tat ihm leid. Offenbar hatte sie von seinen halb ironisch gemeinten Worten eine Art von Hilfe in ihren Zweifeln erwartet, — war er doch ihr Freund! Es drängte ihn über die Maßen, sie wieder beruhigt und heiter zu sehen.

»Aber Fenitschka«, redete er ihr zu, »was kommt denn auf mich an! Bin ich denn ein Vorbild auf diesem Gebiet?! — Nein, — nicht wahr? Und überhaupt, was so ein Mann darüber spricht! Ihr Frauen empfindet schließlich doch anders, — besser, feiner. — Aus *der* Überzeugung heraus sprach ich. Glaube mir, ihr wollt im Grunde doch die Dauer und vollkommne Zusammengehörigkeit, — das weiß ich von der, die *mich* lieb hat, Fenia. Denn wollte sie das im Grunde nicht, wollte sie nicht so inbrünstig das ganze Leben mit mir teilen, so wär es ja keine rechte Liebe, sondern nur eine — eigentlich eine reine Sinnen —«

»Sondern nur eine rein sinnliche Leidenschaft, — nur eine sinnliche«, ergänzte Fenia mit bedeckter Stimme, sah ihn an, und wurde plötzlich blaß.

»Ach Unsinn, Fenia, — ich —«

Sie antwortete nicht, sondern stand nur regungslos da, und in ihren Mienen prägte sich etwas ganz Ergreifendes aus, das ihn verstummen machte.

Wohl schaute sie ihn noch an, aber sichtlich ohne sich dessen bewußt zu werden, wohin sie gerade schaute; ihre ganze Seele war nach innen gekehrt, — hielt gleichsam den Atem an.

Ihre Augen öffneten sich weit, eine Art von Entsetzen flog durch sie hindurch, es war, als schlüge eine plötzliche Erkenntnis, einem Blitze gleich, ihr mitten durch die Seele.

Und langsam ergoß sich über ihre Wangen, ihre kleinen Ohren, über den Hals, soweit das Pelzwerk davon einen Fleck sehen ließ, — eine warme tiefe Röte, — immer flammendere Röte. — — Und ehe

Max Werner sich's versah, wandte sie sich von der Hausmauer fort, an der sie lehnte, und enteilte ihm plötzlich mit schnellen Schritten.

»Fenia! Fenitschka!« rief er bestürzt und griff unwillkürlich nach ihr. Aber er griff ins Leere. In wenigen Sekunden schon war sie um die Ecke gebogen und entschwand ihm unter den Menschen, die auf der Hauptstraße vorüberströmten.

Der Eindruck war ein ganz seltsamer. Obgleich sie mit gesenkten Stimmen zueinander geredet, — und mehr noch geschwiegen als geredet hatten, war ihm mit ihrem Verschwinden doch, als sei mit einemmal eine laute, gewaltige Unterhaltung verstummt.

Still, ganz totenstill lag die breite Nebenstraße, wo sie gestanden, plötzlich da, wie eine schlafende, verschneite Welt.

Und ganz verwunderlich klang aus dem tiefen Schnee jetzt wieder das helle Geschwätz der beiden umherrutschenden Kinder auf dem Fahrdamm und tönte hinter Fenitschka drein.

Max Werner hatte das Gefühl, daß er Fenitschka nach dieser Begegnung nicht gleich wieder aufsuchen dürfe, — daß sie augenblicklich keines Menschen Gesellschaft brauchen könne. So ließ er den ganzen nächsten Tag verstreichen, ohne sie zu sehen.

Ein Brief von Irmgard kam am Vormittag; er beantwortete ihn sofort und berechnete zugleich das Datum seiner Ankunft in München.

Seine Abreise aus Rußland war von ihm längst auf diese Tage festgesetzt worden, aber noch nie hatte es ihn so gedrängt wie heute, Irmgard wieder in die Arme zu schließen. Und Fenia, trotzdem er sich erst gestern ein wenig in sie verliebte, trug die Schuld daran. — Denn plötzlich wollte es ihm weit weniger selbstverständlich erscheinen als bisher, daß Irmgard ihn so stark und treu liebe, wie sie es tat, — es drängte ihn daher, ihr das Geständnis ihrer Liebe aufs neue aus den Augen und von den Lippen zu lesen.

Im Grunde wußte er wohl: der Zweifel, der über Fenia gekommen, konnte über Irmgard niemals kommen, — ganz zweifellos liebte sie ihn und ging ganz in dem Wunsch auf, mit ihm für immer das Leben zu teilen, — in jedem Sinn es mit ihm zu teilen. Ja, er wußte es, aber es beglückte ihn anders als bisher und stimmte ihn dankbarer, weicher.

Er sagte sich, daß er für Irmgard von vornherein glücklicherweise mehr bedeute, als für Fenia ein Mann augenblicklich bedeuten konnte. Er bedeutete für sie zugleich das einzige sie belebende Geisteselement inmitten ihrer konventionellen Familienkreise, — er hatte mit ihrer Liebe, ihren Sinnen zugleich auch ihre geistigen Bedürfnisse geweckt und angeregt, ihre geistige Sehnsucht auf ihn und seine Entwicklung bezogen.

Das machte seiner Meinung nach einen gewaltigen Unterschied! Wenn ein Mann mitunter eine Frau weniger tief und absolut liebt als sie ihn, so mochte es nicht zum wenigsten damit zusammenhängen, daß sie für sein gesamtes Geistesdasein meistens eine geringere Bedeutsamkeit besessen hat als er für sie. Er erholt sich mehr bei ihr, als daß er ihrer außerhalb der Liebe bedarf. — — — So erholte Fenia sich vielleicht von ihren eignen geistigen Kämpfen und Anstrengungen bei dem Mann ihrer Liebe. Nach Jahren konzentriertester Studien, asketischen Lebens eine unbewußt vollzogene, ganz naiv hingenommene Reaktion —. Erst der Heiratsantrag rührte ihre friedlich ruhenden Gedanken darüber plötzlich auf, ließ sie erwachen, — sich klarwerden.

Dem andern mußte die Vorstellung, daß sie ihn nicht genügend liebe, um ihr ganzes Leben an ihn zu binden, natürlich völlig fern liegen. Man nimmt ja wohl von minderwertigen Frauen an, daß ihre Neigung eventuell der Tiefe und Treue entbehren werde, — hochstehenden Frauen gegenüber erscheint es als ein Sakrilegium. Und doch, fragte sich Max Werner, können dafür denn nicht dieselben Gründe maßgebend sein, die den Mann so leicht dazu verführen, seiner Liebe nur einen Teil seines Innern zu öffnen, ihr Grenzen zu ziehen, sie *neben*, und nicht *über* seine sonstigen Lebensinteressen zu setzen? Die Frau, die ihr Leben ganz so einrichtet und in die Hand nimmt wie der Mann, wird natürlich auch in ganz ähnliche Lagen, Konflikte und Versuchungen kommen wie er, und nur, infolge ihrer langen andersgearteten Frauenvergangenheit, viel schwerer daran leiden.

Am Nachmittag traf er den alten Baron Ravenius auf der Straße und erfuhr von ihm, daß Fenia krank sei, — wenigstens habe sie Hausarrest.

»Wahrscheinlich hat sie sich in ihrem Eifer überarbeitet!« fügte der Baron bekümmert und kopfschüttelnd hinzu.

Max ging sofort zu ihr. Noch während er die Treppe hinaufstieg, öffnete schon die Wirtin im Kattunmorgenrock die Tür zum ersten Stockwerk und blickte mit einem widerwärtigen Ausdruck spähender Neugier heraus, wer da komme. Als sie ihn erkannte, veränderte sich ihre Miene, sie war etwas enttäuscht und wurde zugleich wohlwollender.

Er gab ihr seine Karte und ließ fragen, ob Fenia ihn empfangen könne. Der Bescheid kam sofort zurück, er möge nur eintreten.

Fenias Zimmer war künstlich verdunkelt. Die Vorhänge vor dem Fenster waren niedergelassen, und sie selbst lag, in einem Schlafrock von feinem weichem Stoff, auf ihrer Ottomane ausgestreckt, das Haar in zwei hängenden Flechten und die Hände hoch über dem Kopf verschränkt.

»Was, Fenitschka, — du bist krank?« fragte er beim Eintreten und kam zu ihr.

Sie schüttelte den Kopf.

»Bin nicht krank. Möchte nur dafür gelten. Menschen sehen, ausgehn, ausfahren, ist mir jetzt unleidlich, — nein, unmöglich. Ich danke dir aber, daß du da bist.«

Möglich, daß sie nicht krank war, aber sie sah ganz so aus. Selbst in dieser künstlichen Dämmerung sah sie blaß und erschöpft aus, und unter ihren Augen zogen sich tiefe Schatten. »Fenitschka«, bemerkte er, indem er einen Stuhl zu ihr heranzog, »mir öffnete vorhin deine Wirtin die Tür, — widerwärtig schaute das Frauenzimmer heraus, — wie das schönste Exemplar von einem Spion. Ist es dir nicht aufgefallen?«

»Ja, sie ist jetzt ganz besonders neugierig und mißtrauisch geworden. Sie achtet darauf, wer zu mir kommt. — — Wenn jetzt ein Klatsch entsteht, so entsteht er von hier aus. Ich habe selbst schuld dran.«

»Aber dann darfst du hier doch nicht bleiben! Den Hals umdrehen werd ich der Kanaille! Seit wann ist es denn?«

»Ich war unvorsichtig. — — ›Er‹ ist einigemal hier gewesen«, entgegnete Fenia apathisch.

»Das hättest du schon lieber vermeiden sollen«, sagte er besorgt, »warum auch grade hier?«

Sie zuckte die Achseln.

»Uns auswärts zu treffen ist uns ja auch schlecht bekommen. — — Ach, laß doch! Es liegt so gar nichts dran«, fügte sie freundlich hinzu.

Ihre Stimme fiel ihm auf. So sanft und lieb klang sie, daß sie Rührung in ihm weckte. Aber ein so matter Ton klang darin mit, — — und weckte auch Sorge, wie man sie etwa am Krankenbett von lebhaften Kindern fühlt, wenn sie plötzlich gar zu artig und gut werden. —

Sie schwiegen eine Zeitlang.

Endlich sagte er:

»Ich war gestern nicht bei dir, weil ich nicht wußte, ob du mich sehen wolltest. Aber gedacht hab ich an dich — —«

Sie unterbrach ihn mit einem Lächeln:

»Ich auch an dich. Und an die erste Zeit unsrer Bekanntschaft — weißt du? Denk nur — mir hat sogar in der Nacht davon geträumt.«

»Von Paris?«

Sie richtete sich etwas auf, stützte sich mit der einen Hand auf das Polster der Ottomane und sah ihn an. Das Stirnhaar hing ihr ein wenig wirr ins Gesicht.

»Verstehst du dich auf Traumdeutung? — — ach, übrigens Unsinn, — aber ich will dir erzählen. — — Es war in Paris, ja. In dem Nachtcafé, weißt du? Ihr saßet alle da am Tisch, — ganz wie damals. — — Und ich war auch da. Aber ich war nicht bei euch am Tisch.«

»Sondern?«

Sie legte sich wieder zurück und schloß die Augen.

»Sondern irgendwo da. — — Irgendwo unter den Grisetten.«

»Ich verstehe nicht recht, Fenia. Das ist ja ein ganz dummer Traum.«

»Nicht so dumm, wie du meinst — —. Aber woher sollten Träume eigentlich auch klug sein? Ich glaube, unsre klugen Gedanken wirken nur wenig mit am Traumgewebe. — — Nein, alle die klugen Gedanken, die wir uns so allmählich erwerben, alle die aufgeklärten und vernünftigen Ansichten, die träumen wir wohl nur wenig. — — Im Traum *taxieren* wir uns anders, — uns und die Dinge, — verworren und wirr vielleicht, aber doch so ganz naiv.«

»Aber was redest du nur eigentlich, Fenia? — — Du taxiertest dich im Traum —? Nun, und?«

»Nun, und da fand ich offenbar, daß ich mitten unter die Grisetten gehörte.«

Er sprang unwillkürlich auf.

Ein kurzer Laut des Unwillens entschlüpfte ihm.

Er wollte gegen sie aufbrausen, gegen diese Selbsterniedrigung, die ihn empörte und für sie beleidigte, aber er besann sich.

»Du bist krank«, sagte er, »du bist es wirklich, wie könntest du sonst so ganz den Kopf verloren haben. — Fenia, ich erkenne dich gar nicht wieder. Wußtest du denn nicht, was du tatest? —«

»Nein, genau gewußt hab ich es erst im Augenblick, als ich mich binden sollte. Bis dahin verwechselte ich es wohl — mit einer vollen, ganzen Liebe.«

»Ich glaube, du verwechselst es jetzt — mit etwas zu Geringwertigem. — Denn über die Wirkung wenigstens war doch keine Täuschung möglich, — über alles, was dich so schön und selig erscheinen ließ. Ich sah es doch selbst, Fenia. Und du selbst, sagtest du nicht so wunderschön: es gäbe dir Frieden?«

Sie verschränkte die Arme wieder über dem Kopf und schaute mit einem sonderbar stillen Ausdruck gegen die Decke.

»Frieden!« wiederholte sie. — »Sieh, *er* wußte wohl, daß von der Liebe keineswegs Frieden zu erwarten ist, — nein, durchaus kein Frieden. — Wieviel Schwanken und Quälen, wieviel Seelenarbeit und Seelenwandlung mag's geben, ehe ein Mensch sich so tief in den andern hineinpflanzt, — ja, so tief, daß die beiden nun wirklich aus einer Wurzel weiter wachsen müssen, wenn sie gedeihen wollen. — — So war's bei *ihm*, — und als es nun soweit war nach allem Kämpfen, — da wurde es ihm aber auch so klar und einfach, — so ganz klar, daß wir eins sind und einander die einzige Hauptsache im Leben. — — Mit so guten, leuchtenden Augen spricht er davon. — — Wie willst du's da wohl ändern, daß ich mich — *daß ich mich schäme.*«

Die letzten Worte stieß sie undeutlich heraus und sprang von der Ottomane auf.

»— Frieden —? Ja, es war so etwas, — ein so träge seliges Ruhen war es. — Aber seitdem ich erwacht bin, — seitdem ich so klar weiß, was es ist, und erkenne — — nein! ich *kann*'s nicht ertragen!« sagte sie plötzlich wild, »— mich selbst kann ich nicht ertragen in diesem Zustand von —; fort muß ich, das ist es! Das Schwerste, das Notwendigste —«

»Fort von ihm?« fragte er bestürzt, »hast du *daran* gedacht?«

»Es ergibt sich von selbst, wenn wir uns nicht offiziell binden wollen. So wie die Lage sich zugespitzt hat. Heimlich können wir uns nicht mehr sehen. Dadurch ist er zuerst auf den Entschluß verfallen, um jeden Preis die Heirat zu ermöglichen.«

»Und er weiß, — weiß er, daß du fort willst von ihm —?«

Sie sah ihn verständnislos an. Ihre Augen brannten wie die einer Gestörten.

»Nein. Wissen darf er's nicht. — — Wie käme ich sonst fort —? Das begreif' ich jetzt. Aber doch wollt ich's ihm sagen, — ich rief ihn dazu her.«

»Und was sagtest du ihm?«

»Was ich ihm gesagt habe?! Ich *wollte* ihm sagen, ihn bitten: geh fort von mir, — geh auf immer von mir fort! Aber ich bat ihn nur: bleib bei mir! bleib bei mir!«

Und sie warf sich in ausbrechendem Schluchzen über die Ottomane und vergrub ihr Gesicht in den Polstern.

Max blieb daneben stehn, minutenlang, schweigend. Er versuchte dann, ihr gut zuzureden, aber sie wehrte nur mit der Hand ab und hörte nicht auf zu weinen. Endlich murmelte sie:

»Laß mich allein, — bitte, laß mich ganz allein!«

Da verließ er leise das Zimmer und ging, aufs äußerste besorgt und beunruhigt, nach Haus. Den ganzen Abend kam ihm Fenia nicht aus dem Sinn, — diese ganz neue Fenia, die er gar nicht erkannte. Kein Mensch konnte ihr jetzt helfen, und doch schien es ihm ganz unmöglich, sie in ihrer Seelenverfassung sich selbst zu überlassen.

Der nächste Tag war ein Sonntag. Am Morgen sprach er schon gegen zehn Uhr wieder vor. Er fragte die Wirtin, ob Fenia zu sehen sei, und erhielt darauf in ihrem schlechten Französisch die kriechend-freundliche Antwort: »Ja, sie sei sicher zu sehen, denn sie erwarte ohnehin Besuch.«

In diesem Augenblick stieß Fenia die Tür ihres Zimmers zur

Treppe selbst auf. Als sie ihn erblickte, stand sie wie versteinert. Sie war im Straßenkleide, blaß, ernst, fast kalt im Ausdruck, — völlig anders als gestern.

»Das ist ein großes Unglück!« sagte sie, als die Wirtin in ihrer Wohnung verschwunden war, und ließ ihn zaudernd auf der Schwelle stehn, » — ein wahres Unglück ist es, daß du gekommen bist.«

»Mein Gott, Fenitschka! ich will dich doch nicht stören! ich komme ein andermal. Ich geh also wieder.«

»Nein, nein! es ist unmöglich, daß du fortgehst«, versetzte sie und faßte ihn beim Ärmel, als er sich wenden wollte, »— versteh doch! Er kommt gleich, — er muß gleich eintreten —«

»Nun, und?«

»Nun, ich kann ihn nicht empfangen, wenn ich dich, vor den Augen der Wirtin, nicht empfangen konnte.«

Er wollte etwas erwidern, da ging unten eine Tür, jemand stieg die ersten Stufen hinauf.

Fenia zog ihn an der Hand in ihr Wohnzimmer. Über ihr Gesicht flog etwas Aufblitzendes, das er nicht verstand, — irgendein Gedanke kam wie eine Erleuchtung über sie.

»Geh hier hinein!« sagte sie und öffnete zu seinem grenzenlosen Erstaunen die kleine Tür zu ihrem Schlafstübchen.

»— Hier hinein —?!«

Sie blickte ihn mit tiefernsten, glänzenden Augen an.

»Bist du mein Freund?«

»Das weißt du, Fenia.«

»Dann habe Dank, daß du gekommen bist. Dann leistest du mir vielleicht in diesem Augenblick den einzigen Dienst, den ein lieber, — nur ein lieber, naher Freund mir leisten kann. Bleib dort in der kleinen Stube, bis — bis er wieder fortgegangen ist. Du darfst alles hören, — es ist nichts, was nicht ein dritter hören dürfte. — — Aber wenn du hier wieder durchgehst, — beachte mich nicht.«

Er starrte sie an —. Etwas so Entschlossnes sprach heute aus ihrem Wesen — —; sie kam ihm vor wie der Fuchs, der sich die eingeklemmte Pfote selbst abreißt, um sich zu befreien.

Hatte sie plötzlich erkannt, daß seine Anwesenheit ihr helfen könnte, — etwa dazu helfen, »nur zu sprechen, was ein dritter hören durfte«, um nicht wieder in die Worte auszubrechen: »Bleib bei mir, bleib bei mir« — —?

Es blieb nicht viel Zeit zum Sichbedenken. Kaum hatte Max die kleine Schlafstube betreten, und war die Tür hinter ihm zugefallen, als es schon an der Vordertür klopfte.

Er sah sich in dem schmalen Raum, den das Bett fast ganz einnahm, flüchtig um und lehnte sich ans Fenster. Dort stand zwischen rot und blau gestickten grauleinenen russischen Vorhängen ein Rosenstock mit einer einzigen, eben aufbrechenden Knospe. In der Wandecke daneben brannte das ewige Lämpchen vor dem üblichen Muttergottesbild.

Max Werner fühlte ein heftiges Unbehagen. Welch eine seltsame Rolle spielte er doch da in Fenias Leben!

Man vernahm nur undeutlich, was nebenan gesprochen wurde, überdies redeten sie russisch miteinander. Trotzdem antwortete Fenia unwillkürlich mit halber Stimme.

Daneben hörte man ein volles, weiches Organ, — »seine« Stimme. Er sprach und lachte, wie man im Glück lacht und spricht.

Nach kurzer Zeit wurde irgend etwas auf dem Gang draußen laut. Es begann jemand vor Fenias Tür so eigentümlich zu schlürfen und herumzutreten. Vielleicht war es die Wirtin in ihrer abscheulichen spionierenden Neugier, — vielleicht auch nur ein Fremder.

Jedenfalls fingen sie drinnen plötzlich an, deutsch zu sprechen. Aber nun ließ Fenia ihre Stimme noch mehr sinken.

»Warum sprichst du nur so leise heute?« fragte »er« sie erstaunt, »— deutsch versteht ja hier keine Seele. — Und weißt du wohl, grade daß du so rücksichtslos laut gesprochen hast, — manchmal, bei Gelegenheiten, wo es gefährlich war, — das liebte ich so an dir. Du wolltest nicht unvorsichtig sein, — aber du vergaßest es immer wieder, — deine Stimme wußte von nichts Heimlichem, — sie klang so kindlich und hell. — — Deine helle Stimme! Immer hör ich sie, wenn ich allein bin. Deine Stimme — das bist du.«

Nach einer Weile sagte er:

»Nein, ich will nicht lange bleiben. Nicht, wenn ich nur gewiß bin, — ganz gewiß, daß du in wenigen Tagen zurückkehrst. Ist das ganz gewiß?«

»Glaubst du mir nicht?« fragte Fenia.

Max Werner wollte nicht zuhören. Es war albern und lächerlich, hier zu stehn und das anhören zu müssen. Er lehnte sich gegen das Fenster und blickte hinaus. Die Straße lag in sonntäglicher Vormittagsruhe da. Von ungezählten Kirchen begannen langsam, eine nach der andern, die Glocken zu läuten. Die verschiedenen Gottesdienste gingen zu Ende.

Es schien, daß drinnen Abschied genommen wurde. »Er« sagte, mit anderm Ton als bisher, schwer, gepreßt:

»Ja, nur wenige Tage. — Aber ich weiß nicht, wie mir ist. — — Könntest du jemals vergessen, was wir uns sind, Fenia?«

In diesem Augenblick erst erinnerte Fenia sich nicht länger jemandes Anwesenheit. Es war, als stürze sie in die Knie, oder an seine Brust, — in diesem Augenblick war sie nur mit ihm allein. —

»Niemals! niemals!« sagte sie weinend, außer sich, »niemals kann ich es vergessen, daß ich dein bin.«

Und mit einem Ausdruck, der Max durch alle Nerven ging, fügte sie hinzu:

»Ich danke dir! ich danke dir!« — —

Ein Stuhl wurde fortgeschoben. Man vernahm nichts mehr. Nichts als das Geläute der Glocken, das lauter und lauter anschwoll und mit seinen feierlichen Klängen wie ein Lobgesang das ganze kleine Zimmer erfüllte, — — und alle Glocken sangen und klangen:

»Ich danke dir! ich danke dir!«

Sie hatte sich in dieser Stunde für immer von ihm getrennt, — getrennt aus einem unerträglichen Zwiespalt heraus, in den sie mit sich selbst geraten war, aber sie dankte ihm, — sie riß sich los, entschlossen in eine ganz andre Existenz zurückzukehren, aber sie dankte ihm, — und wenn sie an ihn zurückdachte, vielleicht noch in ihren spätesten Tagen, würde sie denken wie heute, über allen Zwiespalt hinaus:

»Ich danke dir! ich danke dir!«

Als es nebenan längst still geworden war und Max die Tür öffnete und eintrat, stand Fenia am Fenster.

Sie wendete ihm den Rücken zu. Mit den Händen hatte sie in die Vorhänge hineingefaßt und ihr Gesicht darin verborgen. Er sah nur die gebeugte Rückenlinie, und es durchfuhr ihn das Gefühl, als hätte er dies alles schon einmal erlebt —.

Aber er hatte nur in seiner Phantasie Fenia schon einmal trauernd und gebeugt gesehen. —

Stumm schritt er durch das Wohnzimmer und ging hinweg, wie sie es gewünscht hatte, ohne sie zu beachten oder anzureden.

Zwei Tage später reiste er aus Rußland fort, ohne Fenitschka wiedergesehen zu haben. Sie wollte es so.

Eine Ausschweifung

Hier in meinem lichten Atelier ist es endlich zur Aussprache zwischen uns gekommen, und nirgends anders durfte es auch sein, — denn von sämtlichen Männern, die ich gekannt, gehörst du am engsten und intimsten in alles das hinein, was mich als Künstlerin angeht: mehr vielleicht noch, wie wenn du selbst ausübender Künstler wärst. Wenigstens kommt es mir immer vor, als übte ich mit Kunstmitteln das ein wenig aus, was du mit dem ganzen Leben lebst, in deiner reichen Art, die Dinge voll und ganz zu nehmen und ihnen zu lebendiger Schönheit zu verhelfen. Für solch ein volles, ganzes Ding nahmst du auch mich, und liebtest darum mich vor allen andern, — ich weiß es wohl. In meinen Bildern und Skizzen, denen niemand so fein nachgegangen ist wie du, schien dir mein ganzes Ich enthalten zu sein, und dahinter — ach dahinter lag nur eine alte Jugendschwärmerei, die kaum von der Wirklichkeit berührt worden ist. Du hast darin ja auch recht. Und doch — und doch —? Warum trennten wir uns dann bis auf weiteres, warum gehst du jetzt umher mit zögernder, halb schon versagender Hoffnung auf unsre Zukunft, — und ich, anstatt in fröhlicher Arbeit vor meiner Staffelei zu stehn, warum sitze ich hier am Tisch gebückt, tief gebückt, und schreibe und schreibe, in allen Nerven gebannt vom Rückblick in meine Vergangenheit? Oder warum dann dein Argwohn, und mein Eingeständnis, daß ich nicht mehr kann, was ich so heiß möchte, — nicht mehr mit voller Kraft und Hingebung lieben kann, grade als ob ich ein ausgegebener, erschöpfter Mensch wäre?

Handelte es sich um Überwindung von Vorurteilen, um zu vergebenden Leitsinn und Fehl im üblichen Sinn, — o handelte es sich doch darum! Du, so ohne Bedenklichkeit zweiten Ranges, du, der jegliches versteht und mitfühlt, würdest mir dadurch nicht verlorengehn. Aber das ist es nicht, und dennoch ist es so: mich hat eine lange Ausschweifung zu ernster und voller Liebe unfähig gemacht.

Jetzt, wo ich mir das klarzumachen versuche, kommt der Gedanke voll Erstaunen über mich: wieviel weniger unser Leben von dem abhängt, was wir bewußt erfahren und treiben, als von heimlichen, unkontrollierbaren Nerveneindrücken, die mit unsrer individuellen Entwicklung schlechterdings nichts zu schaffen haben. Seit ich überhaupt denken kann, seit ich von eigenen Wünschen und Hoffnungen bewegt werde, bin ich der Kunst entgegengegangen, habe ich mich an ihr entzückt oder um sie gelitten, und lange noch ehe ich mich ihr wirklich widmen durfte, in irgendeinem Sinne schon im Umkreis der ihr verwandten Sensationen gelebt. Und trotzdem würde jetzt, wollte ich dir mein Leben erzählen, von der Kunst kaum die Rede sein, und kaum würde sie ärmlichsten Raum finden, riesengroß aber müßte in den Vordergrund treten, was doch in meinem individuellen Bewußtsein kaum existiert und was mir selbst immer schattenhaft undeutlich geblieben ist.

An einem heißen Sommertag, weit hinten an der deutschgalizischen Grenze, wo mein Vater damals in Garnison stand, saß ich einst als ganz kleines Mädchen auf dem Arm meiner früheren Amme und sah zu, wie sie von ihrem Mann über den Nacken geschlagen wurde, während ihre Augen in verliebter Demut an ihm hingen. Der kraftvolle gebräunte Nacken, den sie der Hitze wegen offen trug, behielt einen tiefroten Striemen, doch als ich im Schrecken darüber zu weinen anfing, da lachte meine galizische Amme mir so glückselig ins Gesicht, daß mein Kinderherz meinen mußte, dieser brutale Schlag gehöre zweifellos zu den besondern Annehmlichkeiten ihres Lebens. Und vielleicht war es in der Tat ein wenig der Fall, denn weil sie sich, mit der fast hündischen Anhänglichkeit mancher slawischen Weiber, geweigert hatte, unser Haus zu verlassen, nachdem sie mich neun Monate lang mit ihrer Muttermilch genährt, fürchtete sie nun immer, ihr Mann möchte einmal aufhören, zu ihr zu kommen, und weder Liebe noch Zorn für sie übrigbehalten. Jedenfalls prügelte er sie oft, wenn er kam, und niemals tönten ihr die Volkslieder heller von den Lippen als nach solch einem festlichen Wiedersehen.

Viele früheste Kindheitserinnerungen vorher und nachher, — ja selbst noch jahrelang nachher, — sind mir spurlos verblichen. Aber etwas von der fast wollustweichen Demut im Ausdruck der Blicke und Gebärden meiner Amme in jenem Augenblick ist mir später oft noch im Gedächtnis wieder aufgetaucht, immer zugleich mit dem glückseligen Klang ihres gedämpften Lachens und mit dem Eindruck der brütenden Sonnenwärme um uns. Wer will abwägen, wie unendlich zufällig, wie rein äußerlich bedingt es vielleicht ist, wenn mir bei dieser Erinnerung zum erstenmal ein wunderlicher Schauer über den Rücken gelaufen sein mag? Sind es aber nicht tausendfach Zufälle, die unser verborgenstes Leben mit heimlicher Gewalttätigkeit durch das prägen, was sie früh, ganz früh, durch unsre Nerven und durch unsre Träume hindurchzittern lassen? Oder liegt es vielleicht noch weiter zurück, und zwitschert uns, schon während wir noch in der Wiege schlummern, ein Vögelchen in unsern Schlaf hinein, was wir werden müssen und woran wir leiden sollen? Ich weiß es nicht, — vielleicht ist es auch weder eines Zufalls noch eines Wundervögelchens Stimme, die es uns zuraunt, sondern längst vergangener Jahrhunderte Gewohnheiten, längst verstorbener Frauen Sklavenseligkeiten rauenen und flüstern dabei in uns selber nach: in einer Sprache, die nicht mehr die unsre ist und die wir nur in einem Traum, einem Schauer, einem Nervenzittern noch verstehn —.

Meine Eltern sah ich immer nur in wahrhaft musterhafter Ehe, — in einer jener Ehen, die gewiß selten genug vorkommen, wo das heranwachsende Kind in seiner intimen Umgebung fast nichts wahrnimmt als wohltuende Harmonie ohne Erregungen. Mit dieser Harmonie verhielt es sich aber so: mein liebes Mütterchen tat alles, was mein Vater wollte, er aber alles, was ich wollte. Seiner ursprünglichen Abstammung nach vielleicht wendischen Blutes, war er von beiden der Temperamentvollere, Glänzendere, voll von künstlerischen, wenn auch vernachlässigten Anlagen und der unsinnigsten Zärtlichkeit für das einzige Kind, das auffallend seiner eignen Familie mit ihrem dunklen Ton und ihrer fast südlichen Blässe nachschlug. Er gab mir mit Enthusiasmus den ersten Zeichenunterricht und dispensierte mich von allen bürgerlichen Kleinmädchenbeschäftigungen. Meine gute Mutter schüttelte wohl manchmal über uns beide den Kopf, doch da ich an Heftigkeit des Temperaments und der Wünsche dem Vater am meisten glich, so liebte sie mich am hingebendsten grade in dem, worin ich ihr am fremdesten war, und hieß alles gut. Ich aber ging inzwischen umher und diente glückselig jedem leisesten Wink dieser Eltern, deren Liebe in mir zusammenlief und alles nach ihrem Willen aus mir hätte formen können wie aus erwärmtem Wachs, das dem zartesten Druck nachgibt.

In meinem siebzehnten Jahre wurden wir von der galizischen

Grenze nach Brieg in Schlesien versetzt und bezogen dort die schöne Obristenwohnung im Villenviertel unten am Fluß. Von Brieg aus sollte ich noch weiter fort, ich sollte nun endlich unter der Leitung eines tüchtigen Lehrers der ersehnten Kunst zugeführt werden. Von diesem Plan träumten mein Vater und ich auf das ernstlichste, doch kam es ganz anders, weil er zu kränkeln anfing, so daß keine Rede davon sein konnte, ihn zu verlassen. Ich aber, — ich verliebte mich über Hals und Kopf in meinen Vetter Benno Frensdorff.

Von Benno hatte ich seit meiner Kindheit viel im Hause sprechen hören, und immer im Tone außergewöhnlicher Achtung. Er war, früh verwaist, mit Hilfe meiner Eltern erzogen worden und fiel schon als Knabe durch den unheimlichen Fleiß auf, womit er, immer um bezahlte Nachhilfestunden bemüht, das Gymnasium absolvierte. Dann studierte er Medizin und befand sich jetzt als Hilfsarzt in der Kreisirrenanstalt von Brieg, wo ich ihn zum erstenmal kennenlernte.

Die vorzüglichen Eigenschaften, die man an ihm rühmte, hatten mir nur einen ganz vagen Eindruck gemacht. Aber eine andre seiner Eigenschaften tat es mir augenblicklich an: Benno war schön. Schöne Menschen sind immer mein ganzes Entzücken gewesen, und wenn auch mein künstlerischer Geschmack heute etwas andres darunter versteht als damals, so muß ich doch Benno auch heute noch zugeben, daß er in seiner jungen Männlichkeit, mit dem ernsten blonden Kopf und dem hohen Jünglingswuchs, wie man ihn nicht oft findet, ganz auffallend gut aussah. Wenigstens stach er genugsam von den geschniegelten Referendaren und Lieutenants ab, die auf der Eisbahn und in den Kaffeekränzchen uns jungen Mädchen den Hof machten, und es gab ihm schon etwas Apartes, daß er durchaus keine Zeit fand, mit uns Schlittschuh zu laufen und Kaffeekränzchen zu besuchen, sondern schweigsam beiseite stand und durch seine Brillengläser jeden daraufhin zu beobachten schien, ob er nicht auch in sein Narrenhaus gehöre.

An Benno bin ich in einem erotischen und ästhetischen Rausch zum Weibe erwacht; meine Neigung zu ihm war so zutraulich und leidenschaftlich zugleich, daß in mir, die ja auch nur Liebe gekannt hatte, nie der geringste Zweifel an seiner Gegenneigung entstand, obgleich Benno mich nicht stark beachtete. Er hat mir später gesagt, eine Werbung um mich sei ihm bei seinen geringen Zukunftsaussichten und bei seiner scheuen Dankbarkeit gegen meine Eltern stets ganz toll und undenkbar erschienen. So kam es denn, daß im Grunde ich um ihn warb; mit berauschter Zuversichtlichkeit ging ich ihm entgegen, näher, immer näher, und in kurzem war ich seine Braut.

Sich so zu verlieben hätte wohl auch einer andern passieren können, selbst mit anderm Temperament als meines. Daß diese Liebe erwidert wurde und zur Verlobung führte, ist ein unglücklicher Zufall; hätten wir uns nun rasch heiraten können, so wäre wohl für mich die Enttäuschung auf dem Fuße gefolgt, oder aber es würde die Mutterschaft mich vielleicht in meinem ganzen Wesen stark verwandelt haben. Von alledem trat nichts ein, wir konnten noch nicht bald heiraten, und unter den gefährlichen Liebkosungen des Brautstandes steigerte sich mein junger Liebesrausch zu einer Sehnsucht und Gemütsspannung, die das ganze übrige Leben förmlich entfärbte.

Um diese Zeit starb mein Vater, indem er mit tiefem Vertrauen meiner Mutter und mir Benno zum Hüter und Berater bestellte. Monate voll schwerer Trauer folgten; meine Mutter und ich, die beiden unselbständigen, verwöhnten Frauen, warfen alle unsre Hoffnung auf Benno allein.

Zunächst wurde die Wohnung im Villenviertel geräumt und ein Haus bezogen, das neben der Irrenanstalt stand, wo Benno sein Dienstzimmer hatte. Es war ein altmodisch gebautes Haus, in dessen Erdgeschoß außer uns einer der angestellten Ärzte wohnte, über uns aber der Rendant der Irrenanstalt mit seiner Frau und zwei Töchtern. Als wir dorthin umzogen, kam es mir vor wie eine Übersiedelung nach einem ganz fremden Ort, obwohl dieses Brieger Viertel gar nicht weit vom ältesten Mittelpunkt der Stadt, vom Rathaus und von den Gartenanlagen auf dem ehemaligen Wallgraben, entfernt ist und ich oft genug den mächtigsten Gebäudekomplex, den Brieg besitzt, zum Himmel hatte aufragen sehen: die Kreisirrenanstalt und das Zuchthaus. Aber erst jetzt sah ich sie wirklich: das erste auf zwei Seiten von schönem Park umgeben, das andre von einer haushohen Mauer umschlossen, die einen Kranz spitziger Eisenstacheln trug und an deren Fuß Haufen schneidender Glasscherben lagen. Trotz dieser Verschiedenheit aber glichen sie einander im düstern Gesamteindruck, den sie machten, beides

Gefängnisse leidender Menschheit, von denen die ganze Straße einen eigentümlich schwermütigen Anstrich erhielt.

Unsre Vorderfenster sahen gradezu auf das hohe Mauerwerk mit den Eisenstacheln, durch die Seitenfenster des Wohnzimmers aber erblickte man, über den parkumstandenen Hof des Irrenhauses hinweg, die vergitterten Scheiben der Abteilung für Tobsüchtige.

Am Abend nach unserm Einzug, während die alten zierlichen Barockmöbel mit ihren Goldleisten und geschweiften Beinen noch ziemlich ratlos umherstanden und nicht recht wußten, wo in diesen langen, niedrigen Stuben unterzukommen, erfaßte mich ein Ausbruch wilder Verzweiflung. Meine arme Mutter war so erschrokken, daß sie am liebsten gleich wieder fortgezogen wäre. Sie erwog in aller Geschwindigkeit ganz im Ernst schon einen solchen Plan.

»Denn wir müssen ja nicht notwendig hier wohnen, — nicht wahr, Benno? wir können es ja schließlich auch in einer andern Straße«, meinte sie.

Benno hatte sich kurz nach ihr umgewandt, er antwortete aber nichts, sondern ging nervös im Zimmer auf und ab. Erst als meine Mutter hinausgegangen war, um für das Abendbrot zu sorgen, hielt er inne, kam auf mich zu und umfaßte mich rasch und heftig.

»Adine!« flüsterte er heiß an meinem Ohr, »— wenn ich nun hier, grade hier mit allen meinen Zukunftsaussichten Fuß fasse —? Und ich erhoffe das für uns! Wirst du mich dann auch allein hier am Irrenhause wohnen lassen?«

Ich sah ihn zaghaft an.

»— Könnte das sein? wird es — wird's so sein?«

Er nickte nur leise.

Ich schwieg, und drückte mein Gesicht gegen seine Schulter und umschlang fester seinen Nacken. Ich war schon besiegt, als er mich nur in die Arme nahm. Natürlich blieb ich auch jetzt schon, wo er war, natürlich wollte ich, was er wollte.

Auch für die Zukunft. Aber unser gemeinsamer Zukunftstraum, der sich nun hier verwirklichen sollte, und etwas wie eine unverstandene Angst flossen seltsam ineinander über in einem schwachen Gruseln, womit ich mich leidenschaftlicher, banger an seine Brust schmiegte.

Meine Mutter trat herein, und als sie uns so zusammenstehen sah, seufzte sie erleichtert auf.

»Nun ist wohl alles wieder gut?« bemerkte sie fragend, und sah Benno an wie einen, der für alles Rat weiß.

Benno ließ mich los und antwortete voll Heiterkeit:

»Von Rechts wegen und meinen Wünschen nach müßte Adine in goldenem Königspalast wohnen. Aber sie hätte mich ja nicht lieb, bliebe sie nicht hier.«

Die nächsten Tage ging ich umher und beobachtete unausgesetzt ein jedes Ding in meiner neuen Umgebung. Meine tiefste Aufmerksamkeit erregte das Zuchthaus uns gegenüber. Bisweilen konnte man zu einer bestimmten Morgenzeit einige Zuchthäusler sehen, die gefesselt schräg über unsere Straße zu irgendwelcher Arbeit in einen der Gefängnishöfe hinübergeführt wurden. Seitdem ich das bemerkt hatte, stand ich stundenlang mit müßig niederhängenden Armen am Fenster und wartete auf diesen Anblick.

Benno traf mich dabei an und schüttelte unzufrieden den Kopf.

»Du bist ein kleiner Faulpelz geworden, Adine«, sagte er, »ich kann nicht begreifen, was dir dran liegt, die Burschen anzusehen.«

»Ach, sieh nur hin«, versetzte ich gequält, »sieh nur, wie sie vorübergehn, ohne jemals den Blick zu heben. Ich habe versucht, sie zu grüßen. Wir würden sie doch so herzlich gern grüßen, nicht wahr? Aber sie sehen es gar nicht, sie wollen es vielleicht gar nicht sehen, — — vielleicht hassen sie uns im stillen? — — und leben doch so dicht bei uns, — so dicht, — bis sie sterben.«

»Du mußt eine vernünftige Beschäftigung haben«, antwortete Benno darauf, »du wirst doch keine krankhafte und sentimentale Pflanze werden, Adine? Das kommt nur vom Müßiggang.«

Er hatte mehr recht, als er wußte: Jahre nachher ist ein Sträflingskopf mein erster künstlerischer Erfolg gewesen. Die Möglichkeit, mich künstlerisch in strenger Arbeit zu entwickeln und mich auf diesem mir einzig natürlichen Wege von allen neuen Eindrücken zu entlasten, würde mich bald wieder froh gemacht haben.

Aber die Beschäftigung, die Benno für mich im Sinne hatte, führte mich in die Küche und an die Nähmaschine. Meiner Mutter leuchtete das vollkommen ein, es war ja auch die nächstliegende Vorbereitung für mein zukünftiges Leben.

Am Kochherd und bei der Nähmaschine befreundete ich mich mit der ältesten Tochter des Irrenhausrendanten, der über uns wohnte, mit Gabriele, einem lang aufgeschossenen, rothaarigen, sommersprossigen Backfisch. Sie hatte unendlich viel im Hausstand und für die kleine Schwester zu tun; obgleich sie aber zwei Jahre jünger war als ich, erledigte sie alles immer außerordentlich rasch und gut. Deswegen bewunderte ich Gabriele, während sie mich, trotz einer gewissen Liebe, etwas verachtete.

Eines Abends, als wir bei einer Näherei in meiner Stube saßen, sprach sie es ganz offenherzig aus.

»Es ist albern, daß du dich so mühst, da du ja viel lieber malen und zeichnen möchtest«, sagte sie, »ich will dir nur sagen, daß mir diese Arbeiten ganz ebenso verhaßt sind wie dir.«

»Dir?! Aber Gabriele, dann machst du es ja grade wie ich!« bemerkte ich voll Sympathie mit dem unerwarteten Leidensgefährten.

Sie schüttelte den Kopf.

»Ich tu's für ein Versprechen: daß ich dann später zum Oberlehrerinnenexamen lernen darf — in Berlin«, versetzte sie, und konnte ein Lächeln der Genugtuung nicht zurückhalten. »Manchmal lerne ich jetzt schon heimlich des Nachts dafür vor — oder in Freistunden. Siehst du, das hat einen Sinn! Aber du — du willst ja nur heiraten.«

»Bin ja verlobt, Gabriele«, sagte ich leise und selig.

»Man soll nicht verlobt sein«, meinte Gabriele geringschätzig und betrachtete ihre langen rötlichen Hände, »— ein Mann, huh! ich könnte davonlaufen. Warum du nur alles tust, was er will?«

»Ich möchte gern ganz so werden, wie er will«, entgegnete ich unruhig und fühlte plötzlich deutlich, daß ich gar nicht so war, wie er wollte, und daß Gabriele mir gewaltig imponierte. Sie tat ja nur zum Schein Frondienste, in Wirklichkeit hatte sie ihr eignes Ziel dabei.

Gabriele bemerkte halblaut und dringend:

»Mal du doch auch heimlich! Zeichne heimlich. Hat er's verboten?«

»Nein, nein!« rief ich heftig, »er hat mir sogar vorgeschlagen, Stunden zu nehmen. Aber ich —«

»Nun?« unterbrach Gabriele mich gespannt.

»— Ich glaube, ich liebe die ganze Kunst nicht mehr, — nur ihn«, sagte ich, fast zitternd während ich es aussprach, aber im geheimsten Herzen war es doch nur Furcht, die mich von meiner geliebten

Kunst hinwegscheuchte, Furcht wie vor der großen Verführung, der nichts widersteht: Ich fühlte, daß sie mich losreißen würde von allem, was Benno wollte und was ich also selbst wollte, und mich ihm ganz fremd machen würde —.

Ich konnte Gabriele nicht einmal um ihre sichere Kampfesfreude gegen ihre ganze Umgebung beneiden, denn ich war ja so leidenschaftlich bereit zu unterliegen, und sollte ich selbst darüber in tausend Stücke gehn. Das Ideal einer kleinen Brieger Hausfrau, das ihr nur lästig und lächerlich erschien und das sie deshalb nur so nebenher, mit halber Kraft, verwirklichte, trug für mich geheimnisvolle Märtyrer- und Asketenzüge; ich ging einen Weg der gewaltsamen Selbstkasteiung aus lauter hilfloser Liebessehnsucht.

Die Folgen blieben nicht aus. Ich wurde blaß und mager, und von immer krankhafterer Unsicherheit und Reizbarkeit. Benno, der ohnehin die Grenzen des Normalen allzu eng steckte und bei all seinen eingeheimsten Kenntnissen doch noch wenig Lebenserfahrung besaß, schien besorgt, meine Mutter fing an ratlos zu trauern.

Der ärztliche Ausdruck, der zuweilen in Bennos ohnehin so ernstem Gesicht vorherrschte, machte mich noch scheuer; ich war ja jetzt seiner Liebe keineswegs mehr so naiv sicher wie einst: je untauglicher ich mir selbst für alles vorkam, was er mit mir vorhatte, desto unfehlbarer und autoritativer kam er mir vor, und seine Liebe als etwas nur durch Selbstüberwindung sicher zu Erringendes.

Durch diese gewaltsame Unterordnung unter ihn vermischte sich in meiner Leidenschaft das Süßeste mit dem Schmerzlichsten, fast mit dem Grauen. Das ist ja gewiß nicht der Fall, wo ein Weib schon an sich viel untergeordneter ist als der Mann. Sonst aber kann es zu einer furchtbaren Würze der Liebe werden, zu einer so ungeheuren Aufpeitschung der Nerven, daß das seelische Gleichgewicht notwendig verlorengehen muß.

Oft wenn ich abends schon zur Ruhe gegangen war, hörte ich an den gedämpften Stimmen, die bis zu mir herübertönten, wie Benno und meine Mutter noch lange im Zwiegespräch beieinanderblieben. Ich ahnte nicht, was sie miteinander berieten. Ich erfuhr es erst, als geschah, was endlich geschehen mußte: als Benno unsre Verlobung auflöste.

Seltsamerweise habe ich von diesem entscheidenden Vorgang

keine bis in die Einzelheiten präzise Erinnerung behalten. Kaum weiß ich noch, was er mir sagte, — nur meine eigne Stimme höre ich noch, und wie ich aufschrie in Schmerz und Entsetzen, wie ich niederstürzte vor ihm und die Hände zu ihm aufhob —.

Von jener Stunde aber ging zwingend eine Macht aus, die in meiner Phantasie Bennos Bild übertrieb und fälschte, die ihn hart und grausam, streng und stark bis zur Überlebensgröße erscheinen ließ. Konnte es anders sein? Wäre er sonst dazu imstande gewesen, mich trotz aller meiner demütigen Bemühungen unwürdig zu befinden und hinwegzustoßen?

Meine Mutter weinte viel, gab ihm jedoch in allen Stücken recht und reiste mit mir ins Ausland, wo ich mich erst erholen, dann aber ganz meinen alten Wünschen gemäß entwickeln sollte. Als ich von Benno fortkam, meinte ich, daß er mich zu lauter jämmerlichen Scherben zertreten habe. Lange Zeit litt ich halb besinnungslos. Dann aber siegte das Glück, meiner Kunst leben zu dürfen, und erwies sich als stärker als die alte Jugendleidenschaft. Einem Traum gleich, den man beim vollen Erwachen nicht mehr festzuhalten vermag, sank sie ins Schattenhafte hinab.

Meine Mutter zog später wieder zu Benno nach Brieg, und nur im Sommer sah ich sie auf Wochen oder auch auf Monate bei mir. Ich selbst verbrachte etwa sechs Jahre in tüchtiger Arbeit, bei manchen Entbehrungen und Anstrengungen, dann richtete ich mir hier in Paris mein kleines Atelier ein, — und das war eine schöne Zeit: eigentlich die erste ganz sorgenfreie, ganz erfolgreiche Zeit. Zum erstenmal atmete ich auf und nahm das Leben endlich auch wieder von seiner heiteren Genußseite.

Da, — vor einem Jahr ungefähr, es war gegen Weihnachten, — entschloß ich mich plötzlich zu einer kurzen Heimfahrt.

Meine Mutter hatte schon in ihren Briefen dringend darum gebeten, aber den Ausschlag gab ein Brief von Benno selbst. Ich empfing ihn während eines kleinen Einweihungsschmauses in meinem Atelier und konnte ihn nur rasch, in Gegenwart von andern, durchlesen. Dennoch machte der Anblick der altvertrauten Handschrift mit ihren festgefügten runden Buchstaben einen ganz seltsam aufregenden Eindruck auf mich.

Benno schrieb unter dem Vorwand, den Wunsch meiner Mutter auch seinerseits noch zu unterstützen. In Wirklichkeit trieb ihn jedoch etwas andres zu diesem Brief: Auf Grund von allerlei umlaufenden Gerüchten schien er beunruhigt über meine »allzu-freie« Lebensgestaltung, wie er sie nannte, und hielt sich für verpflichtet, mich vor Verleumdungen zu warnen, — oder auch vor mir selbst.

Ganz klar war es nicht, was von beidem er meinte. Seine Worte enthielten viele philiströse Bedenklichkeiten, über die ich lächeln mußte, auch viel Unkenntnis des Provinzlers und Fachmenschen hinsichtlich des Lebens in Weltstädten und unter Künstlern. Ja, das wußte ich ja nun längst: Benno verkörperte nicht gerade den Begriff eines unfehlbaren Idealhelden, sondern mochte das Prachtexemplar eines eingefleischten Pedanten und Moralisten sein. Ungefähr das Gegenteil von all dem, was jetzt meine leicht gefesselte Phantasie entzücken und verführen konnte. Aber daß er sich erdreistete, so zu schreiben, daß er sich für verpflichtet hielt, so zu kontrollieren, was ich tun durfte und nicht tun durfte, — er, der mich ja nicht einmal geliebt, — nein, geliebt hatte er mich nicht, sondern fortgesto-ßen —.

Ich konnte über eine unerklärliche Erregung nicht Herr werden, während ich unter meinen Gästen umherging, und lachte und scherzte.

In diesem Augenblick fiel mein Blick auf eine aufgeschlagene Mappe, worin ich einige wertvolle Kunstblätter aufbewahrte und die eben von einer jungen Malerin besehen wurde. Obenauf lag die bekannte Radierung Klingers »Die Zeit den Ruhm vernichtend«. Wie manchesmal schon hatte ich den gepanzerten Jüngling an-geschaut, der, eherne Allmacht im Antlitz, dem vor ihm nieder-geworfenen Weibe erbarmungslos mit dem Fuß in die Lende tritt — —.

Plötzlich weckte er irgendeine Ideenassoziation in mir, plötzlich rührte er an irgend etwas, — und eine lang, lang vergessene, eine tote Sensation meines eignen Lebens regte sich dunkel —.

Ich kann mit Worten nicht deutlich schildern, wie es war. Ich glaube nicht, daß ich dabei an eine bestimmte Situation gedacht habe, zum Beispiel an Bennos brutale Lösung unsrer Beziehungen, oder daran, daß ich mich damals von ihm »zertreten« fühlte, oder überhaupt an seine Person, — aber doch hing es mit ihm zusammen, als mir ein Schauer über den Rücken ging, — ein Schauer von so lähmend intensiver Erschütterung, daß ich unwillkürlich vor dem Bilde die Augen schloß.

Ich nahm nur noch mechanisch an der Unterhaltung teil, innerlich blieb ich tief benommen, denn mir war, als starrte ich durch meine ganze Umgebung hindurch auf etwas, das sich nur lange verborgen gehalten hatte, aber doch immer dagewesen sein mußte, gleich schattenhaftem Hintergrund, — oder als sänke mein ganzes glückliches gegenwärtiges Leben langsam zu meinen Füßen nieder, wie ein dünner blumengestickter Schleier, und dahinter stände hoch aufgerichtet das Wirkliche, Wesenhafte, — — ja was? etwas wie die Silhouette eines gepanzerten Mannes? oder Benno selbst, der mich in den Armen hielt und mich den ersten Liebesrausch lehrte und das erste Grauen vor der Abhängigkeit der Liebe? — — oder lag es nicht vielleicht weit, weit zurück in jener fernsten Kindheit, wo ich noch auf dem Arm meiner galizischen Amme saß, und die Sommersonne heiß um uns brütete, und wo von der erhobenen harten Hand des Mannes ein feuerroter Striemen auf dem demutsvoll geneigten Frauennacken blieb —? — —

Einige Tage später befand ich mich auf der Reise nach Brieg. Während der langen Eisenbahnfahrt erzählte ich es mir selber wohl hundertmal, wie wunderlich eng und klein mir alles in der Heimat vorkommen werde, aber zugleich freute ich mich all dieses Engen und Kleinen, als des heimatlich Vertrauten, was ich nun wiedersehen sollte; es durfte sich nicht weiterentwickelt haben, sondern mußte, um zu wirken, genauso geblieben sein, wie es war, grade wie eine alte Kinderfibel, die ohne ihre naiven Lehren und Verschen auch nicht mehr ein Erinnerungsbuch wäre.

Es reute mich nicht mehr, Paris verlassen zu haben, trotzdem ich grade jetzt dort den Winter hatte genießen wollen, — und doch lag in der Stimmung, worin ich diese Reise unternahm, mir unbewußt, ein tieferer Leichtsinn, der von dunkeln Sensationen träumte, als in allen Genüssen, zu denen ich mich dort hätte verleiten lassen können.

In Brieg langte ich am Abend nach neun Uhr an. Den Tag meines

Eintreffens hatte ich absichtlich nicht gemeldet, ich ließ mein Gepäck am Bahnhof und ging langsam über den Wallgraben unsrer Steinstraße zu.

Es schneite. Ein mächtiger Wind, von Norden daherfahrend, fegte über die Oderniederungen und die schlesische Ebene hin, das kleine Brieg lag förmlich eingesargt im tiefen weißen Winterschnee. Bei diesem Wetter waren die winkligen Gassen trotz der Weihnachtszeit noch stiller, noch menschenleerer als sonst, und in den Häusern brannten die Lampen hinter fest zugezogenen Vorhängen.

Man konnte in dem von Schneeflocken umtanzten Laternenschein nicht gerade viel erkennen, aber das sah ich doch mit lebhaftem Bedauern, bis zu welchem Grade die alte charakteristische Stadtphysiognomie sich im Lauf der Jahre verjüngt zu haben schien. Schon vermißte ich an den schmalen alten Häusern hier und da das köstlichste Giebelwerk, und überall hatte die schlechte Glätte billiger Modernisierung begonnen, die verfallende Schönheit zu ersetzen. Auch Brieg ging also vorwärts! es war nicht mehr ganz das alte, vertraute Städtchen, auf dessen winklige Enge ich mich gefreut hatte. Der Fortschritt des Lebens mit seinen praktischen Anforderungen, der häufig das Banale nützlicher findet als das Seltene, hatte auch hier manches Schöne als Hindernis aus dem Wege geräumt.

Als ich bei unsern großen, einförmigen Anstaltsgebäuden anlangte, sah ich ganz nah am Eingang unsers Hauses einen Mann stehn, im weiten Mantel und eine Fellmütze auf dem Kopfe.

Er stand ganz regungslos da und blickte mir entgegen, während ich mich am Parkgitter des Irrenhauses entlang ihm mehr und mehr näherte. Der Laternenschein fiel ihm in den Rücken, so daß seine Züge im Dunkeln blieben, aber ich wußte doch sofort, daß es Benno war. Mich ergriff eine kindische Freude, so groß, wie ich sie nie für möglich gehalten hätte, zugleich mit dem Verlangen stehnzubleiben.

Aber das erlaubte der Sturm nicht; er blies mich von hinten an, als wehe er mich ihm einfach entgegen. Ich konnte merken, wie an meinem Reisehut der zurückgenommene Schleier zerrte und flog, gleich einem ungeduldig aufflatternden gefesselten Vogel.

Und jetzt kam Benno mir langsam entgegen.

»Dina!« rief er mit unterdrückter Stimme, noch eh ich bei ihm war.

»Da bist du ja!« sagte ich froh, ließ achtlos meine kleine Reiseta-sche auf den Schneeboden gleiten und streckte ihm beide Hände entgegen, »— hast du mich denn erkannt?«

»Adine! so unerwartet und unangemeldet, — von niemand empfangen!« äußerte er wie in tiefem Staunen, und dann: »Erkannt — ja, erkannt, noch eh ich wußte, daß du es sein könntest. An deinem Gang. Nur grade am Gang. Dies sorglos wiegende Schlen-dern, — nur du gehst so, — es sieht aus, als ob es auf der Welt nur lauter geebnete Wege gäbe, oder als schritte ein unsichtbares Wesen vor dir her, das sie dir ebnet. — — Und du kommst im Schnee — — zu Fuß?«

»Ja freilich, zu Fuß, von Stein zu Stein, über das bekannte alte Pflaster. Es war ja noch früh. Schön war's. Der Schnee, der fiel so dicht; — das alte Brieg! wie es aussah im Schneesturm!«

Dabei blies uns der Wind immerzu die breiten Flocken ins Gesicht, während wir dastanden und sprachen, wie wenn ich bereits zu Hause wäre, wie wenn ich dazu nicht erst einzutreten brauchte.

Benno hob meine Reisetasche vom Boden auf und bemerkte:

»Deine Mutter, Tante Lisette, wird ganz außer sich vor Freude sein. Sie konnte es kaum noch erwarten.«

»Ich gehe leise zu ihr hinein, — gib mir den Schlüssel«, sagte ich und trat neben ihm ans Haus, »— oder kommst du mit?«

Er schüttelte den Kopf und wies nach der Irrenanstalt hinüber.

»Ich muß noch dorthin, — stets um diese Stunde noch einmal inspizieren —. Also auf morgen. Schlaf gut daheim.«

Ich gab ihm beim Eintreten noch einmal die Hand.

»Auf morgen!« wiederholte ich heiter, »da seh ich dich also eigentlich wieder. Denn heut haben wir uns ja noch keineswegs wiedergesehen. Zwei Stimmen im Dunkeln! Zwei Stimmen, die dem Wiedersehen vorausgelaufen sind. — — Und die nun aufhören müssen zu schwatzen.«

»Gute Nacht, Adine. Nimm die Hand fort, du klemmst dich«, sagte er beim Schließen der Tür. Das klang so nüchtern und ängstlich, daß ich unwillkürlich noch einmal zwei Finger in die Türspalte steckte. Ich rief hinaus:

Ich muß dir noch sagen: Es ist schön, daß wir uns getroffen haben — im Schneegestöber am Hause. Es ist ja nur ein Zufall, aber grade darum ist's schön.«

Die Tür fiel ins Schloß. Einen Augenblick lang schien Benno draußen noch still zu stehn, wie wenn er lauschte, — dann knisterte der Schnee unter den langsam sich entfernenden Schritten.

Auch ich, drinnen im schwach erhellten Hausflur, stand noch und horchte, — ich horchte noch auf die beiden verklungenen Stimmen im Dunkeln, als ob sie mir ein langes Märchen erzählten, und eigentlich ein neues Märchen, — meine frohe, fast übermütige Stimme, die weit heller als die seine, und dann seine gedämpfte, zögernde Stimme, aus der so vieles — so seltsam vieles unter den alltäglichen Worten hervorsprach, und die Worte förmlich leer und sinnlos machte durch diesen Unterklang —.

Am nächsten Tage wurde ich durch einen langgezogenen schrillen Glockenton geweckt, der aus einem der Arbeitshöfe des Zuchthauses herüberschallte.

Meine Mutter, im großen Ehebett an der gegenüberliegenden Längswand, schlief noch, oder tat so, um mich nicht zu stören. Durch das Fenster schimmerte hellgrau das Morgenlicht über die ausgeblichenen Cretonnevorhänge mit ihren lustigen grünen Blumen und Vögeln, und jedes einzelne der alten Möbelstücke sah mich vertraut und grüßend an.

Ich dehnte mich voll Behagen in meinen Kissen. In dieser süßen Indolenz der Stimmung war es herrlich, sich hier ein wenig pflegen und verziehen zu lassen. Bald genug kam ich ja wieder in mein eignes Leben draußen zurück, in mein eignes Schaffen und Genießen.

Mein Blick fiel auf das liebe faltige Gesicht im weißen Nachthäubchen, das über der verblaßten grünseidenen Steppdecke herausschaute. Ohne diese gute Mutter mit ihren bereitwilligen Liebesopfern hätt ich mir nie meine freie, glückliche Künstlerexistenz erringen können. Damit mir das gelingen möchte, saß sie nun hier so geduldig und einsam ohne Tochter, und mühte sich heimlich damit ab, sich für Malerei zu interessieren, was doch so ganz hoffnungslos war. Der Offizierskreis in Brieg, ihr einstiger alter Gesellschaftskreis, äußerte sich ziemlich tadelnd über diese fernlebende Tochter, und ich wußte wohl, daß meine Mutter mich dann verteidigte wie eine Löwin ihr Junges und daß die Leute sich des Todes verwunderten, bis zu welchen modernen Anschauungen sie sich dabei zuweilen verstieg. Aber in Wirklichkeit war sie weder eine Löwin noch ein moderner Bahnbrecher, sondern ganz einfach eine einsame alte Frau, deren Lebensauffassung himmelweit von der ihres Kindes entfernt war —.

Ich glitt geräuschlos aus dem Bett, kam auf nackten Sohlen zur Halbschlummernden und umhalste sie stürmisch.

»Mama, meine liebe Mama! wie bin ich froh, bei dir zu sein, und wie dank ich dir für alle diese schönen — schönen Jahre! Jetzt auf einmal fällt es mir aufs Herz, wieviel du mir geschenkt hast, — immerfort geschenkt, und nichts dafür bekommen, du liebste aller Mütter du!«

Meine Mutter streichelte mich beschwichtigend über den bloßen Arm, und öffnete ihre blassen blauen Augen mit einem Ausdruck voll zärtlichen Glücks.

»Ich wurde schon ganz müde vom Liegenbleiben, du Langschläferin«, sagte sie, sich ermunternd, »ich glaube wirklich, mir sind die Glieder eingeschlafen. Jetzt laß mich rasch in die Kleider kommen, Kind.«

»Wo steckt denn eigentlich Benno am Morgen?« fragte ich, und fuhr in die Strümpfe.

»Ich habe ihn nebenan im Wohnzimmer gehört, ehe du wach wurdest. Er wollte dich wohl schon begrüßen. Jetzt aber könntest du zu ihm gehn, während er seinen zweiten Tee bei sich im Zimmer nimmt, — das ist bald. Es wäre freundlich von dir, — du mußt gut gegen ihn sein, hörst du? Er ist ein so vortrefflicher Mensch, Adine. Du mußt dich nicht dran stoßen, wenn er dir einmal ein wenig schroff vorkommt.«

»Dran stoßen? ach nein, Mama, im Gegenteil. Das gehört ja so unabänderlich zu ihm. Ohne das würde es gar kein Wiedersehen sein.«

»Du bist es nicht gewohnt. Bist verwöhnt, mein Kind.«

»Eben darum, Mama«, bemerkte ich, und kam vor den Spiegel, um mein Haar aufzuflechten. Unwillkürlich riß ich an den dunkeln Strähnen, die sich eigenwillig unter dem Kamm lockten, denn ich hatte, was ich eigentlich nie habe: Eile.

Die Mutter saß halb angekleidet, mit im Schoß gefalteten Händen, daneben und betrachtete mich mit besorgter Zärtlichkeit im Gesicht.

»— War es schön, — der Einweihungsschmaus in deinem Atelier?« fragte sie zerstreut.

»Ja, schön — und lustig! Später erzähl ich dir —«

»Aber lieber nur mir allein, Adine, denn Benno —«

»Nun, was ist mit Benno?«

»Ja, stell dir vor, er macht sich so leicht Gedanken deinetwegen, — weil du so frei für dich lebst, und weil du so viel mit dem Tomasi bist, der Atelier an Atelier mit dir wohnt, — und überhaupt —«

»So. Tut Benno das?« bemerkte ich, und fühlte, wie eine Blutwelle mir ins Gesicht schoß.

»Ja. Aber warum errötest du denn darüber? Du bist ja ganz rot geworden, — wirklich, Adine. Was ist es mit dem Tomasi?« fragte die Mutter ängstlich.

»Aber nichts! Du kennst ihn ja. Wir sind eben Kollegen.«

»Nein, sage mir nur eins: du glaubst doch nicht, daß du dich in jemand verliebt haben könntest in dieser Zeit?«

»Das kann ich wirklich nicht so genau wissen, Mama.«

»Aber Jesus, Kind! So etwas weiß man doch! — — Nun, übrigens, dann ist es auch nichts«, sagte die Mutter beruhigt, und griff nach ihrem Kleide.

Ich ließ den Kamm sinken und betrachtete im Spiegel nachdenklich mein eignes Bild. Mir fuhr der Gedanke durch den Kopf, daß ich Benno auf seinen eigentümlichen Brief ziemlich wahrheitsgemäß hätte antworten können: »Wenn die Gerüchte unrecht haben, und du mit deinen geheimen Zweifeln auch, so ist das nur dein eignes Verdienst. Du hast mich vielleicht auf lange Zeit für mancherlei untauglich gemacht durch den allzustark gewürzten Wein, den ich bei dir getrunken habe. Dagegen fällt jeder andre Rausch ab.«

Laut sagte ich:

»Ich bin übrigens ganz unschuldig dran, daß ich mich nicht einmal gehörig verliebe. Es ist sonderbar genug.«

»Das kommt, weil du malst, mein Kind«, bemerkte die Mutter so resigniert, daß ich anfing zu lachen.

»Nun ja, wenn du nicht maltest, so würdest du wohl verheiratet sein, — und ich würde einen kleinen Enkel haben!« fügte sie etwas verdrießlich hinzu.

Ich nahm sie beim Kopf und küßte sie.

»Ach, beim Malen ist man eigentlich immer etwas verliebt. — — Man malt immer irgend etwas Verliebtes aus sich heraus, scheint mir. — — Aber all das ist so fein und flüchtig und wunderlich, und heiraten läßt es sich nicht. Wie schaff ich dir also einen kleinen Enkel?«

Meine Mutter hatte brummend ihren Kopf freigemacht, sie seufzte nur und sah schweigend nach dem Kaffeetisch. In ihrem heimlichen Innern war sie so froh, daß wir wieder zusammen dasaßen und unsern Morgenkaffee tranken, daß ihr kein Unsinn, den ich sprach, etwas anhaben konnte. Manchmal mochte sie allerdings ein wenig verwirrt werden über das viele, was ich ihr schon vorgeredet hatte und was von ihrer Mutterseele ganz friedlich neben ihren eignen Ansichten und Auffassungen beherbergt und verarbeitet wurde. Mutterboden mag wohl ein fruchtbarer Boden sein, worauf die verschiedensten Dinge durcheinander wachsen und gedeihen können, aber Mühe mocht es ihr wohl bisweilen machen, sich in diesem zärtlichen Krautgarten zurechtzufinden, über dem, alles segnend, eine so große Sonne der Liebe schien —.

Nachdem ich mein Frühstück beendet hatte, ging ich sofort zu Benno hinüber. Seine Zimmer waren von denen meiner Mutter durch den weiten, ganz primitiv mit roten Ziegelsteinen ausgelegten Hausflur getrennt und wurden früher von einem andern der Hilfsärzte bewohnt. Seit längerer Zeit bekleidete Benno eine sehr angesehene Stellung an der Irrenanstalt, als eine Art von Bevollmächtigtem des Direktors, der alt und kränklich war und ihn zu seinem Nachfolger vorgeschlagen hatte. Die Briefe meiner Mutter erzählten mir stets Wunderdinge von Bennos Tüchtigkeit und fieberhaftem Berufsfleiß.

Ich pochte leise an die Tür seines Studierzimmers, doch niemand antwortete darauf. Ich öffnete sie und blickte hinein. Niemand war anwesend.

Vor dem Kaminofen, worin ein helles Feuer brannte, stand zwischen zwei Sesseln ein Metalltischchen, worauf alles zum Teetrinken vorbereitet war. Ein blankes Kesselchen dampfte über einer Spiritusmaschine. Jedenfalls war Benno schon hier gewesen und wieder abgerufen worden.

Ich setzte mich in einen der Sessel und schaute mich um. Sehr viel behaglicher sah es hier aus als in dem häßlichen, kahlen Dienstzimmer, das Benno ehemals im Irrenhause innegehabt und das ich immer nur mit Grausen besucht hatte, denn jedes Geräusch dort und jeder Anblick entsetzten mich. Und dennoch tat es mir jetzt fast leid, daß ich ihn hier wiedersehen sollte, und nicht in dem Rahmen, der dort zu ihm gehörte. Ich behandelte ihn in dieser pietätvollen Regung unwillkürlich ganz als Bild —.

Da ging die gegenüberliegende Tür auf, und Benno trat aus seinem Wartezimmer herein.

»Grüß dich Gott!« sagte er mit seiner verhaltenen Stimme und kam, fast etwas ungeschickt, mit ausgestreckter Hand auf mich zu. Als ich meine Hand hineinlegte, hielt er sie einige Sekunden lang fest und hinderte mich dadurch, mich aus meiner halbruhenden Lage aufzurichten.

»Bleib sitzen! grade so, wie du gesessen hast, aber den Kopf hebe, und gegen das Licht; ich muß dich doch deutlich wiedersehen«, sagte er wie entschuldigend.

Ich fand keine Entgegnung und gehorchte nur, den Kopf zurücklehnend und den Blick zu ihm hebend, während ich fühlte, daß ich unter dem seinen errötete.

»Wie gesund und hell und glücklich du ausschaust, — — und wie schön!« sagte er treuherzig. Aber zugleich wurde er befangen und trat etwas zurück.

Ich überflog seine ganze Gestalt und sein Gesicht. Das Gesicht erschien mir zu sehr gealtert in diesen sechs Jahren. Die unausgesetzte, nervenaufreibende Tätigkeit hatte verfrühte Falten in seine Stirn gezogen und das weiche aschblonde Haar an den Schläfen ein wenig gelichtet. Ob er wohl noch die interessanten, furchterweckenden Irrenarztaugen hat? dachte ich und suchte seinen Blick. Aber auf den Gläsern der Brille blitzte und glitzerte das Morgenlicht, und mir kam der Gedanke, wieviel öfter ich überhaupt dieses alles verdeckende Brillenfunkeln gesehen hätte, als den dahinter vermuteten Augenausdruck.

Das Wasser im Kesselchen zwischen uns brodelte heftig, und um das Schweigen zu brechen, bemerkte ich heiter:

»Ich bin zu deinem Frühstück hergekommen, wie du siehst. Wirst du mir auch zu trinken geben?«

Er deutete auf eine zweite Tasse, die bereitstand, und äußerte zögernd:

»Ich hoffte, du würdest kommen. — — Willst du nicht, — — wenn es dir nicht lästig ist, — — willst du mir nicht die Freude machen, uns den Tee zu bereiten?«

Ich erhob mich und griff nach dem Teetopf. Aber während ich mit dem Geschirr hantierte, trat wieder das Schweigen ein, und ich fühlte mit Verlegenheit, wie Benno, der stumm dasaß und rauchte, den Blick nicht von meinen Händen ließ.

Es war etwas so ganz andres, sich im vollen, nüchternen Tageslicht wiederzusehen, als am Abend vorher in der Schneenacht. Man scheut sich unwillkürlich vor all den leise mitflüsternden Erinnerungen, die schwer sind von alten Träumen und die sich in der hellen Wirklichkeit des Tages nicht zurechtfinden können, sondern allem unversehens phantastische Lichter aufsetzen, — blasse, mystische Lichtlein —.

»Es geht nicht an, daß wir hier stumm dasitzen«, dachte ich unruhig und sagte schließlich hoffnungslos, nur um irgendein lautes Wort zu finden, scherzend:

»Du willst wohl aufpassen, ob ich bei meinem Farbenkleckserberuf noch zur geringsten weiblichen, häuslichen Arbeit tauglich geblieben bin.«

»Ach nein«, versetzte er so ernsthaft erstaunt, daß man seiner Stimme anhörte, von wie weit er eben herkam, »— du bist ja, — du hast ja andres zu tun gehabt. Jedenfalls Interessanteres. Besonders Paris ist ja die große Stadt aller Genüsse.«

»Das ist sie gewiß, aber die große Stadt der Arbeit ist sie auch, des rastlosen Weiterarbeitens«, versetzte ich und schob ihm sein Glas Tee zu.

Er rührte mit dem Löffel darin herum, dann fragte er unvermittelt:

»— Der Tomasi, — wie ist denn der?«

Ich konnte ein Lächeln nicht unterdrücken über die unbeholfene Art, wie der Pedant und Moralist aus ihm herausrückte.

»Von meinen Kollegen ist er mir der liebste Genosse«, gab ich zu, »ich danke ihm viel Anregung und Freundschaft. Als ich mir den linken Arm verstaucht hatte und der Ausstellung wegen so eilen mußte, um doch noch fertig zu werden, da hat mir der Tomasi die besten hellen Morgenstunden geopfert und mir den Arm untergeschoben und mir die Palette gehalten. Das kann nämlich nur ein sehr lieber Freund tun.«

»Den Arm so ausdauernd unterschieben, — das glaub ich«, meinte Benno, und rauchte so stark und unausgesetzt, daß eine Wolke um ihn stand.

Ich lachte, ganz lebhaft geworden.

»Nein, aber die Palette halten«, verbesserte ich, »denn der linke Arm mit der Palette arbeitet mit, mußt du wissen, er muß lebendig zu einem selbst gehören.«

Benno stieß gewaltsam die Asche, die sich kaum noch an seiner Zigarre angesetzt hatte, am Glasteller ab.

»Lebendig zu einem selbst. So kann natürlich nur ein Künstler zu dir gehören«, bemerkte er und stand unmotiviert auf, ohne mich anzusehen.

Dabei sah ich plötzlich das Finstre, Gequälte in seinem Gesicht. Mitten aus der Plauderei heraus, wobei ich für den Augenblick gar nicht mehr an ihn gedacht hatte, sah ich ihn plötzlich so, wie ihm wirklich zu Mute war: in mühsam verhaltener Erregung, — in zorniger Eifersucht —. Daher also sein Brief! Das war nicht pedantische Moralisterei gewesen, — nein, — Liebe —.

Es kam ganz unerwartet über mich, ein Blutstrom, der rasch und heiß zum Herzen quillt, und ein Erschrecken. Ja, eigentlich ein nachträgliches Erschrecken: Denn wenn ich das geahnt hätte in der ersten Zeit unsrer Trennung, — geahnt, daß auch er leide und daß er mich liebe, — ich wäre ja besinnungslos zurückgestürzt zu ihm.

Jetzt freilich konnte ich das nicht mehr wollen. Aber auch er sollte es nicht wollen. Nein, auch er soll es nicht, dachte ich, und mein Herz schlug zum Zerspringen. Denn ihm, seinem Willen, diesem harten, engen, bewußten Willen, bin ich schon einmal erlegen.

Die Erinnerung daran durchrieselte mich heiß und beinah lähmend.

Benno blickte mich staunend und ungläubig an. In meinem Mienenspiel mochte sich etwas von dem verraten, was in mir vorging. Eine Möglichkeit mochte in ihm aufdämmern, mich wieder zu fassen. Wenigstens schien es mir so, — und da schien es mir gradezu, als käme er mit einer Riesenkeule bewaffnet auf mich zu, um mich niederzustrecken.

»— Benno —!« sagte ich schwach, erschrocken, wie jemand, der sich wehren soll und nicht kann.

Der schwache Ausruf durchzitterte ihn förmlich. Mein Gebaren mußte ihn in eine Zeit zurückversetzen, wo mir dieses furchtsame Gesicht und diese furchtsame Stimme ihm gegenüber natürlich waren. Unwillkürlich, wortlos, fast ohne zu atmen, beugte er sich über mich —.

Da streckte ich angstvoll meine Hand gegen ihn aus, sie mit einer unsichern Bewegung zwischen seine und meine Augen schiebend, als müßte sie ihm meinen Blick verdecken und mich seinem Blick entziehen, wie einer unkontrollierbaren Macht, die noch einmal mich mir selber rauben könnte.

»— Nein — nein! — nicht! zu spät!« murmelte ich.

Er richtete sich auf und legte die Hand über die Augen.

Ohne ein Wort der Erwiderung verließ er das Zimmer.

Ich starrte ihm nach. Ich weiß nicht, wie lange ich da noch sitzen blieb, in seinem Zimmer, in seinem Sessel.

Ich war ja heimgekommen, um Reminiszenzen zu feiern. Um in ein paar alte Erinnerungen niederzutauchen. Ich wollte mich sogar an all dem freuen, was an ihnen meinem jetzigen Geschmack widerstand, — denn all das gehörte ja zu ihnen, und auf mein wirkliches Leben hatte es keinen Einfluß.

Dies da aber war keine Erinnerungsgewalt gewesen. Nein, dies da war eine Lebensgewalt, eine Wirklichkeitsgewalt, die mich selber bedrohte. Konnte ich nicht fort? konnte ich denn nicht fliehen? kannte ich denn nicht die Folgen, den Zusammenbruch von allem, ja von allem, was meinem Wesen und meinem Leben Wert gab?

Ja, das alles wußte ich. Ich wußte auch, daß sich mein Leben niemals wahrhaft mit Benno verknüpfen ließ, — und daß es keine Liebe zu ihm war, die mich hielt.

Keine Liebe, — etwas Dunkleres, Triebhafteres, Unheimlicheres — —.

Wie ein Blitz, — Warnung und Symbol zugleich, — glitt an meiner Seele das Bild der Klingerschen Radierung vorüber —.

Nein, — ich konnte nicht fort.

Am Nachmittag besann ich mich darauf, daß ich seit meiner Ankunft Gabriele noch nicht begrüßt hatte, und stieg die Treppe zur Rendantenwohnung hinauf.

Fast gleichzeitig betrat Gabriele von der Straße her den Hausflur unten, am Arm ein Marktnetz, aus dem sich allerlei Gemüsesorten hervordrängten. Sie lief rasch ein paar Stufen aufwärts, ehe sie mich aber oben stehn sehen konnte, wurde ihre Aufmerksamkeit durch Benno abgezogen, der grade über den Flur schritt, um aus seinen Wohnräumen zu meiner Mutter hinüberzugehn.

Gabriele beugte sich über die Treppenbrüstung.

»Guten Abend, Herr Doktor!« rief sie ihn an, »ich bin ganz böse auf Sie. Gestern und vorgestern nacht brannte ja wieder so spät Licht in Ihrer Studierstube. Ich kann den Schein sehr gut von oben bemerken! Sie arbeiten aber wirklich zu spät.«

»Ich muß wohl, Fräulein Gabriele«, antwortete Benno, »übrigens geben Sie mir gewiß an Fleiß nichts nach. Aber ich verspreche Ihnen, heut abend früher auszulöschen und mich brav schlafen zu legen.«

Das ist ja ein drolliges Versprechen! dachte ich, innerlich belustigt, als Gabriele aufschaute, mich bemerkte und mir nun eilig die Treppe nachsprang.

»Gott, wie lieb von dir, zu kommen!« rief sie atemlos und umarmte mich mit der alten Mädchenherzlichkeit, »ich wäre schon selbst bei dir gewesen, mochte euch nur nicht gleich stören.«

»Wie hübsch du geworden bist!« sagte ich und betrachtete sie voller Freude. Gabriele glich gar nicht mehr dem langen, rothaarigen Backfisch von ehedem; ihr rötliches, sehr feines und krauses Haar umsprühte förmlich leuchtend ein Gesicht von den zartesten weißroten Farben, und von den Sommersprossen schienen nur ein paar ganz pikant wirkende Tupfe über der Nasenwurzel übrig zu sein. Größer als ich, auch von derbem Knochenbau, bot sie ein Bild blühender Kraft.

Sie hatte die Tür aufgeschlossen und führte mich in das wohlbekannte Eßzimmer mit der karierten Wachstuchdecke auf dem langen Tisch und dem Nähtisch am Fenster. An diesem Fenster, das von der starken Zimmerwärme leicht beschlagen war, lehnte ihre jüngere Schwester Mathilde, Mutchen genannt, zwischen den weißen Mullvorhängen und malte mit dem Zeigefinger mystische Buchstaben auf die Scheibe.

»Mit dem bißchen Ordnen der Tischwäsche hättest du auch fertig werden können, scheint mir«, bemerkte Gabriele verdrießlich und warf einen Blick über die Stöße von Servietten, die neben einem halbgeleerten Wäschekorb auf den Stühlen umherlagen, »es gibt ohnehin vor Weihnachten noch viel zu tun.«

Mutchen fuhr bei unserm Eintritt ein wenig zusammen und drehte sich so geschwind herum, daß der kurze Mozartzopf in ihrem Nacken mitflog. Sie war eine ganz allerliebste kleine Person von etwa achtzehn Jahren, und der heiterste Übermut blitzte aus ihren hübschen Augen. Als ich sie herzlich begrüßte und sie fragte, ob sie sich meiner auch noch erinnere, da sah sie mich mit großen, listigen Augen an und atmete tief auf.

»O ja!« sagte sie, »aber damals waren Sie anders—. O, so wie Sie, — ja, so möchte ich aussehen!«

»Aber warum denn, Mutchen? was ist denn mit mir?« fragte ich verwundert über diesen Ton.

Sie flog auf mich zu, küßte mich und flüsterte lachend:

»Ich meine nur, weil Sie so aussehen, daß jedermann — jeder Mann — Sie gern haben muß.«

»Wirst du aufhören, mit solchen Dingen zu tändeln!« rief Gabriele aufgebracht, die eben ihre Sachen abgelegt und nur die letzten Worte recht gehört hatte, »du bist das unnützeste Geschöpf auf der Welt. Es ist nicht das geringste Vernünftige mit ihr aufzustellen«, fügte sie unwillig, zu mir gewandt, hinzu, während Mutchen trällernd entfloh.

»Ich kann mir denken, daß sie dir auch jetzt noch zu tun gibt«, sagte ich, »überhaupt hab ich dich innig nach dem Tode eurer Mutter bedauert. Denn nun bist du natürlich hier gebundener als je. Und du hattest doch ganz andre Pläne.«

»Ich habe sie noch – für einen gewissen Fall, wenn der eintritt«, antwortete Gabriele und setzte sich zu mir, »aber es ist mir einstweilen recht, hier zu sein und den Hausstand weiterzuführen. Das kann ich dir nicht erklären. Doch sei gewiß, gegen meinen Willen tät ich's nicht.«

Ich schaute sie nicht ganz ohne die alte unwillkürliche Verwunderung an, wie sie das so fest und ruhig aussprach.

»Das glaub ich von dir«, erwiderte ich, »mir wär's unmöglich, etwas so gegen meine intimste Umgebung durchzusetzen.«

»Dir —?!« Gabriele lachte; »du hast ja grade dein Ziel gegen deine ganze Umgebung durchgesetzt.«

»Durchgesetzt? — nein, nichts. Alles nur geschenkt bekommen«, bemerkte ich leise.

Sie zuckte die Achseln.

»Du bekommst es eben geschenkt, — wir andern müssen es erobern. — — Aber nur eine törichte Heirat hätte dich aus dem Geleise werfen können.«

»Das könnte auch dir noch passieren, Gabriele.«

Sie wurde sehr rot und entgegnete heftig:

»Du meinst doch nicht etwa, daß die Brieger Herren dafür in Betracht kämen? Die sind heute noch genauso schlimm, wie sie damals waren.«

»Wie denn: schlimm?« fragte ich.

»Noch ebenso anmaßend und dünkelhaft und zurückgeblieben in ihren Anschauungen, angefangen vom kleinsten Beamten bis hinauf in die Offizierskreise. Nur die Form ist je nach ihrem Stande verschieden, das Wesen ist dasselbe. Glaubst du, auch nur einer von ihnen ahnte etwas davon, daß wir doch nicht mehr denken wie unsre Mütter und Großmütter? Daß wir nicht mehr lauter Käthchen sind, die wimmern: ›Mein hoher Herr!‹ sondern daß wir unser eigner Herr geworden sind? — kurz, daß wir mit den alten knechtischen Vorstellungen aufräumen —.«

»Ach, tun wir das wirklich?« fragte ich ganz erstaunt, »nein, denke nur! wer tut denn das eigentlich?«

»Das weißt du nicht? Adine, du scherzest wohl! Du, die so weit herumgekommen ist, du, die sich so frei entwickelt hat, — ja, was hast du denn die ganze Zeit getan?!«

»Ich? ich habe ja gemalt!« sagte ich ganz betreten.

»Nun ja, gemalt! Aber während man malt, denkt man doch an etwas! Hast du denn dabei nie über Liebe und Ehe nachgedacht, und wie die sich zu unsern persönlichen Rechten verhält? Das ist sehr unrecht von dir. Und dir lag das doch nah genug: denn eigentlich ist doch deine Verlobung daran gescheitert. Nur daran: Denn wenn irgend ein Mann dazu imstande gewesen ist, sich in diesem Punkt vernünftig erziehen zu lassen, so jedenfalls Doktor Frensdorff.«

Ich schüttelte verwundert den Kopf.

»Darin irrst du dich, Gabriele. Seine zauberhafteste Wirkung war seine Tyrannei. Und so ist es wohl meistens.«

Gabriele warf einen forschenden Blick auf mich.

»Du redest wie deine eigne Urgroßmutter!« bemerkte sie kurz.

»Unsre armen Urgroßmütter!« sagte ich lächelnd, »die wußten freilich rein gar nichts von solchen Neuerungen. Die einzige Form ihrer Liebe war wohl Unterordnung, — in dies Gefäß schütteten sie alle ihre Zärtlichkeit. Sollte nicht auch in uns was davon übrig sein? was machen wir dann mit solchem ererbten kostbaren alten Gefäß?«

»Wir stellen es meinetwegen in den Nippesschrank zu andern Kuriositäten, wenn es nicht schon so löcherig ist, daß wir es hinauswerfen müssen«, antwortete Gabriele und stand unruhig auf, »ich hasse alten Plunder! er paßt doch nicht zu den Anforderungen des praktischen Lebens.«

»Vielleicht nicht. Aber er kann den praktischen Gerätschaften so unendlich überlegen sein durch seine Schönheit«, bemerkte ich, stand aber gleichfalls auf, um nicht all das zu sagen, was mir auf dem Herzen lag. »Wir reden darüber heute nicht zu Ende, Gabriele, aber ganz außerordentlich fortgeschritten seid ihr ja hier in Brieg!«

Gabriele kämpfte mit etwas, was ihr nicht über die Zunge wollte. Sie äußerte nur noch zögernd:

»Du bist eben eine Künstlerin, Adine. Ich sage ja nicht, daß du mit Gefühlen spielen würdest, aber ihre Tauglichkeit fürs Leben ist dir doch nicht alles, — wenn sie dich irgendwie künstlerisch anregen. Aber — — du kannst damit leicht Menschen unglücklich machen.«

Sie errötete, ihre Stimme wurde unsicher, und sie ging schnell zu alltäglichern Gesprächsstoffen über. Während wir weiterplauderten, mied sie meinen Blick, und ich den ihren. Aber ich tat es ohne die geringste Ahnung von dem, was sich in ihrem Herzen an Befürchtungen regte: sie jedoch begriff aus meinem Schweigen alles. —

Ich verspätete mich bei Gabriele so sehr, daß bei uns meine Mutter und Benno schon mit dem Abendbrot auf mich warteten, als ich herunterkam.

Das tut mir leid; ich wußte nicht, daß ihr so genau die Minute einhalten müßt«, bemerkte ich etwas erschrocken und nahm eilig meinen Platz am Tisch ein, »wie du siehst, bin ich noch immer unpünktlich, Benno.«

»Es ist nur an mir, mich zu entschuldigen«, versetzte er, ohne mich anzusehen, »denn es ist sehr lästig, daß man um meinetwillen so genau sein muß. Das ist eben der Sklavendienst. Sklaverei von früh bis spät, und keine Möglichkeit, einmal frei und menschenwürdig aufzuatmen.«

Meine Mutter blickte mit Befriedigung vom einen zum andern, seelenfroh, daß ihre beiden »Kinder« sich in Liebenswürdigkeiten überboten. Sie hatte im stillen davor gezittert, daß wir uns am Ende schlecht vertragen würden.

Ich sah unverwandt Benno zu, wie er zerstreut und hastig aß, was er grade auf dem Teller hatte. Endlich konnt ich mich nicht enthalten zu bemerken:

»Wie seltsam, daß du so von deinem Beruf sprichst, Benno. Grade als ob er dich zum Sklaven und nicht zum Herrn machte. Oder als ob du ebensogut einen ganz andern Beruf haben könntest, oder auch gar keinen Beruf, oder —«

»— Und warum scheint es dir denn so ganz undenkbar, daß ich einen andern Beruf ausfüllen könnte«, unterbrach mich Benno nervös.

»Warum? Das weiß ich nicht. Ich kann es mir einfach nicht anders vorstellen, als daß du Irrenarzt in Brieg, — oder sonstwo — bist. Ich meine, das ist kein Zufall, sondern ein Beweis, wie dein Beruf mit dir verschmolzen ist.«

Er erwiderte gereizt:

»Es ist vielmehr ein Beweis, wie sehr ein Mensch bei strenger, einseitiger Berufsarbeit verstümmelt, in seiner vollen Entwicklung verkürzt wird. Deshalb nehmt ihr so ohne weiteres den Berufsmenschen in uns schon für den ganzen Menschen.«

»Verstümmelt, verkürzt?« wiederholte ich staunend, »aber Benno, entwickelt ihr euch denn nicht dabei so sehr, daß schon die Frauenzimmer es euch neidisch nachtun wollen? Schließlich wählt ihr ja den Beruf.«

»Um in ihm irgend ein paar Fähigkeiten und Fertigkeiten auszubilden, — ja«, fiel er ein, »um mehr als das zu tun, dazu gehört Zeit und Geld, also ist es nur für die wenigsten. Was meinst du wohl,

was von unserm ganzen nicht beruflichen Innenleben zur Entwicklung kommt, wenn man in solchem Zeitmangel lebt, wie etwa ich
gelebt habe? Mir kommt es vor, solange ich zurückdenken kann,
schon von der Schulbank her, als hätte ich niemals Zeit gehabt, und
als wären daraus die schlimmsten Fehlgriffe entstanden, die ich je
begangen habe.«

Ich schwieg. Ich wußte ja von seiner überbürdeten Studienzeit,
seiner rastlosen Arbeit bei geringsten Mitteln, fast ohne Muße, und
ich gab ihm recht. Aber daß es Benno war, der so sprach, konnte ich
nicht begreifen. Wann hätte er sich je mit Mängeln seiner Entwicklung herumgeschlagen? Wann sich je in seiner selbstbewußten
Sicherheit beirren lassen?

Meine Mutter fragte dazwischen:

»Wie ist es denn morgen mittag, Benno? ißt du zu Hause?«

»Wahrscheinlich nicht. Es ist weit über Land, wo ich hin muß.
Wir bringen den Kranken wohl gleich mit«, entgegnete er zerstreut,
beendete etwas hastig sein Abendessen und stand auf.

»Du entschuldigst wohl, es wartet jemand auf mich«, bemerkte
er zur Mutter, und dann, schon bei der Tür, wandte er sich noch
einmal zu mir und sagte zögernd:

»Ich wollte dich noch fragen, ob du nicht — ich wollte dich
bitten, morgen vormittag, — natürlich falls du nichts andres
vorhast, — ob du mir nicht wieder etwas Gesellschaft leisten willst.
So wie heute. Es ist meine liebste Stunde.«

Dabei sah er eilig und beschäftigt aus und sah niemand an,
während er redete.

»Gewiß! ich will kommen«, sagte ich ein wenig leise. Dabei
schlug auch ich die Augen nicht auf. Meine Glieder wurden mir
bleischwer. Ich stütze die Arme auf den Tisch und den Kopf darauf.
»Wenn ich doch aus dem Hause ginge und den Nachtzug nach Paris
nähme!« dachte ich.

Meine Mutter hatte von Benno wieder auf mich geblickt; ihre
Augen leuchteten, und wer kann wissen, welche Hoffnungen in ihr
aufstiegen und welche Mutterwünsche, während sie umherging
und das Dienstmädchen beaufsichtigte, das den Tisch abräumte.
Dieses war eine arme entlassene Insassin des Irrenhauses, wie
meistens unser Gesinde.

Nach einer Weile schien in einer Droschke Besuch vorzufahren.

Meine Mutter trat in den Flur hinaus und kam bald darauf mit einer kleingewachsenen jungen Dame zurück, die an einem Krückstock ging.

»Die Baronesse Daniela hatte gehofft, Benno anzutreffen«, bemerkte die Mutter, indem sie uns miteinander bekannt machte, »ich habe sie gebeten, bei uns ein wenig zu warten, weil Benno nur vorübergehend in Anspruch genommen ist.«

»Ich wollte Herrn Doktor Frensdorff nur einen Augenblick sprechen«, sagte die Baronesse mit einer höchst wohllautenden sanften Stimme zu mir, »nur um zu hören, ob ich morgen kommen darf. Denn ich kann nicht immer von Hause fortkommen. — Aber vielleicht wissen Sie überhaupt gar nicht, daß ich seine Schülerin bin?«

»Nein! Davon wußte ich allerdings nichts«, versetzte ich, sie ins Wohnzimmer geleitend, wobei ich sehen konnte, wie stark sie in den Schultern und Hüften verwachsen war, »— aber unmöglich studieren Sie Medizin?«

Die Baronesse Daniela mußte bei dieser Zumutung lachen, und ihr blasses, schmales, merkwürdig altblickendes Gesicht verjüngte und verschönte sich dabei. »Nein, nein!« wehrte sie ab, und setzte sich mühselig hin, »richtig studieren kann ich ja überhaupt nicht. Aber Herr Doktor Frensdorff treibt viel Schönes mit mir, Literatur, Geschichte, sogar etwas Philosophie.«

»Was Tausend! Benno tut das?« unterbrach ich sie überrascht, »aber wann kommt er denn dazu?«

»Ja, er tut es aus Güte für mich. Ich bin nämlich seine Patientin gewesen. Eh ich zu ihm kam, war ich ganz entsetzlich unglücklich. Er aber hat mich gelehrt, glücklich zu werden.«

»Indem er Ihnen solche Studien erschloß?«

Sie schüttelte den blonden Kopf.

»Nein. Indem er mich darüber aufklärte, daß das, woran ich kranke, unheilbar ist und daß ich mich damit abfinden muß. Unheilbar verwachsen bin ich, — nein, werden Sie nicht verlegen für mich!« fügte sie sehr lieb im Ton hinzu, und legte ihr kleines blaugeädertes Händchen auf meine Hand. »Sie sehen ja, ich kann so ganz ruhig davon sprechen.«

Und als ich ihre Hand umfaßt hielt und sie die stumme Anteilnahme, das große lebhafte Interesse in meinen Augen lesen mochte, da fuhr sie vertrauensvoll fort:

99

»Mich haben die Menschen so sehr damit gepeinigt, daß sie mir aus lauter Mitleid vorredeten, ich würde mich bis zum Erwachsenenalter gerade wachsen und werden wie andre auch. Aber je älter ich wurde, — ich bin jetzt neunzehn, — desto besser begriff ich, daß sie mich betrogen, und wagte doch nicht, es irgendwen merken zu lassen oder mich gegen irgendwen auszusprechen. Denn bemitleidet leben zu müssen, das ist doch wie Tod, nicht wahr? Über diesem innern Zwang und erstickten Kummer wurde ich zuletzt schwermütig. Und nun wurde Herr Doktor Frensdorff ins Haus gerufen. Er brauchte nicht lange, um die Sachlage zu durchschauen! Er fing damit an, mich die Wahrheit ertragen zu lehren. Ach, er hat es nicht leicht gehabt, das können Sie glauben! Ich habe bei ihm geweint und geschrien, und schließlich lernte ich bei ihm wieder lachen.«

In mir wurde alles Wärme und Zärtlichkeit, als ich so dem feinen, sympathischen Stimmchen zuhörte. Das beseelte Gesicht da vor mir, mit seinem Ausdruck von Mut, Glück und Leiden, wirkte so stark auf meine durch alle Eindrücke leicht erregten Sinne, daß ich die kleine Verwachsene am liebsten an mich gezogen und geküßt hätte.

Auch gemalt und für mich behalten hätte ich gern dies interessante kleine Gesicht. Darüber achtete ich nur noch zerstreut auf ihre Worte. Um es nicht merken zu lassen, sagte ich:

»Ich kann mir sehr gut denken, daß in dieser kleinen Provinzialstadt mit ihrem Mangel an geistigen Interessen Benno Ihnen durch sein Eingehn auf alles ein wahrer Halt und Trost ist. Aber wahrscheinlich sind Sie es ihm nicht minder.«

»Nein, ich bin ihm wohl nichts«, sagte sie sehr ernsthaft, »oder richtiger: Ich wäre ihm wohl nichts, wenn ich nicht ein Krüppel wäre, der ihn braucht und ihm leid tut. Aber das ist ja gerade das Herrliche und Merkwürdige: daß es so glücklich macht, sich ihm gegenüber klein und gering vorzukommen und nur sein Mitleid zu verdienen. Daß er sich zu mir herabbeugen muß und daß ich alles nur durch ihn habe, — das hab ich eben vor all den glücklichen, gesunden, ansehnlicheren Menschen voraus, nicht wahr? Dafür gönne ich ihnen gern ihre Schönheit und Kraft und bin zufrieden mit meinem Gebrechen und meiner Schwäche. — Aber ich weiß gar nicht, warum ich Ihnen das alles erzähle«, fügte sie lächelnd hinzu, »Sie sehen so gut aus: vielleicht lachen Sie nicht darüber.«

»Nein, ich lache nicht darüber«, sagte ich aufs tiefste ergriffen und schloß die kleine Schwärmerseele in die Arme, wie ein Schwesterchen, das ich bis auf den Grund ihrer seligen törichten Romantik verstand. Ob sie wohl eine Ahnung davon hat, daß sie ihn liebt? dachte ich mit furchtsamem Herzen.

Da fuhr sie plötzlich in meinen Armen zusammen, so sehr, daß ihr ganzer armer kleiner Körper erzitterte.

»Was ist —?« fragte ich erschrocken und stand auf.

Sie lauschte.

»— Es ist sein Schritt!« sagte sie leise.

Als ich am nächsten Vormittag zu Benno hinüberging, war er schon da, aber ein Angestellter des Irrenhauses war noch bei ihm und stand wartend neben dem Schreibtisch, an dem Benno saß und einige Papiere ordnete.

Ich zündete den Spiritus unter dem Teekesselchen an und setzte mich auf eine breite mit Leder überzogene Ottomane an der Hinterwand des Zimmers. Auf einem dicht herangeschobenen niedrigen Tisch lagen durcheinander allerlei Bücher und broschierte Schriften. Nach dem gestrigen Gespräch mit der kleinen Baronesse wunderte ich mich nicht mehr, zwischen der Fachliteratur die verschiedensten andern Geisteswerke zu finden, von denen ich früher nie geglaubt hätte, daß sie sich bis zu Benno verirren würden.

Zweifellos war diese Bereicherung und Vermehrung seiner Interessen ein vorteilhafter Wechsel; nur zu seiner ganzen Eigenart, von der Schroffheiten und Engen mir völlig unabtrennbar schienen, wollte er nicht recht stimmen.

Nachdenklich langte ich einen abgegriffenen kleingedruckten Band hervor, der zu einer älteren Schillerausgabe gehörte; offenbar durchstöberte Benno den alten Familienschrank im Wohnzimmer, um sich literarisch zu bilden, und war jetzt also bei Schiller angelangt.

Diese Bemerkung kam mir ohne allen Hohn, — ich freute mich

drüber, daß er im Grunde doch noch ganz derselbe blieb, — Pedant und unmodern.

»Wallensteins Tod«. Mitten im Band knisterte ein breites trockenes Efeublatt und ließ das Buch sich dort von selbst öffnen. Ein langer feiner Bleistiftstrich den berühmten Monolog an Max entlang:

> Die Blume ist hinweg aus meinem Leben,
> Und kalt und farblos seh' ich's vor mir liegen.
> Denn *er* stand neben mir, wie meine Jugend,
> Er machte mir das Wirkliche zum Traum,
> Um die gemeine Deutlichkeit der Dinge
> Den goldnen Duft der Morgenröte webend —
> Im Feuer seines liebenden Gefühls
> Erhoben sich, mir selber zum Erstaunen,
> Des Lebens flach alltägliche Gestalten.
> — Was ich mir ferner auch erstreben mag,
> Das Schöne ist doch weg, das kommt nicht wieder.

— —Ich las es ganz arglos; mir fiel nicht ein, daß jemand hier »sie« für »er« gelesen haben könnte. Aber auch zu mir sprach es wie ein Liebesgedicht —.

Benno war aufgestanden, er hatte den Mann abgefertigt und wandte sich mir zu.

»Ach laß das«, bemerkte er mit einem Anflug von Verlegenheit, als er mich mit dem Buch in der Hand sitzen sah, »hier gibt es nichts, was dich interessieren könnte. Wir redeten ja schon gestern davon, daß man in allem unwissend und ein Stümper bleibt, was nicht zum Beruf gehört. Ich kann nur wieder sagen: leider! Denn auch in meinem Beruf wäre der Tüchtigste, wer zugleich Welt und Leben mit umfassen könnte.«

Ich legte das Buch aus der Hand, besorgte den Tee und entgegnete zögernd:

»Früher dachtest du doch ganz anders darüber, Benno. Du urteiltest alles als Mediziner ab und ließest keinen Einwand gelten. Wodurch ist denn das nur so gekommen?«

Er war an das Fenster getreten und blickte auf die verschneite Straße hinaus, die von den gegenüberliegenden Gefängnissen verdunkelt wurde.

»Dadurch, daß ich dich verlor!« sagte er halblaut.

Ich wagte nichts zu erwidern. Ich verharrte regungslos. Aber ich dachte bei mir: »Das war ja durchaus dein eigner Wille, dieser Verlust.«

Ohne sich vom Fenster abzuwenden und ohne nach mir hinzusehen, fuhr er mit halber Stimme fort:

»Ja, dadurch allein. Sonst wäre ich wohl lebenslang so geblieben wie damals: für meine eigne Person gewiß nicht anmaßend, sondern voll Bescheidenheit, aber voll Überschätzung und Dünkel hinsichtlich meiner unfehlbaren Weisheit, als Fachmensch. Aber da erkannte ich allmählich, wodurch ich dich verloren hatte: durch den Mangel an Einsicht in das, was dir not tat, durch Mißverstehen alles dessen, was kraftvoll und gesund in dir war, und nur deshalb krankhaft erschien, weil man deine Entwicklung unterband, weil man dich nicht in den Stand setzte, es künstlerisch aus dir herauszugeben —«

»— Das war gut so«, unterbrach ich ihn mit Anstrengung, »— die Zukunft hat es bewiesen. Sie hat bewiesen, wo meine Tüchtigkeit liegt. — — Nicht da, wo wir sie suchten —.«

»Scheinbar: ja«, versetzte er fast heftig in unterdrücktem, gequältem Ton, »scheinbar hatt ich ja recht, aber warum? Nur, einzig und allein nur, weil wir von vornherein einen entsetzlichen Fehler gemacht haben. Ich meine in deinem Verhalten zu mir. Anstatt dich durch die Grenzen und Schranken meiner Unerfahrenheit einzuengen, hätt ich mich durch dein reicheres Wesen hinausleiten lassen sollen aus ihnen, — grade wie es mir ja durch dich während unsrer Trennung geschehen ist.«

»Nein, o Benno, nein!« fiel ich ein, »dann wärst du ja gar nicht du selbst gewesen.«

»Ich spreche dich ja bei diesem begangenen Fehler durchaus nicht von Mitschuld frei!« sagte er eindringlich, »nein, wie sehr, wie sehr warst du selbst schuld daran! Schuld durch deine Folgsamkeit und Fügsamkeit, schuld durch deine leidenschaftliche Selbstunterwerfung und den kritiklosen Glauben an meine törichte Unfehlbarkeit. Hättest du mich nur nicht über dich gestellt, sondern neben dich, — ach, lieber noch unter dich, als so hoch hinauf.«

»Dann hätt ich dich nicht geliebt«, sagte ich leise.

»Ach Kind«, versetzte er mit gedämpfter Stimme und wendete

sich vom Fenster fort, »— warum liebte ich dich denn? mir selbst unbewußt doch um deswillen, worin du tatsächlich über mir standest, etwas Selteneres, Feineres, Glanzvolleres warst als ich. Ich kam aus der Dürftigkeit, aus der Dunkelheit zu dir wie ins Licht. — — Sieh, warum soll das auch nicht sein? Es sind ja grade solche Frauen, die uns vor der Seelenöde retten, die unsre Berufsmonotonie ergänzen —. Im Beruf, da mögen wir ja die Überlegenen sein, mögen bestimmen, befehlen, unterweisen, was uns unterstellt ist, — aber der Frau gegenüber, die wir lieben: Glaube mir, da fällt dieser schlechte Ehrgeiz fort. Da werden wir wieder gut und einfach und Kinder, und wollen uns gern beschenken, uns gern die schönsten Träume erzählen lassen, — mit unserm Kopf in eurem Schoß.«

Ich hatte mich in dem Sessel niedergelassen, die Arme aufgestützt und das Gesicht in den Handflächen vergraben. Er sollte mir nicht in das Gesicht sehen, das nichts zu verschweigen verstand. Er sollte nicht sehen, wie seine Worte auf mich wirkten — gleich einem feinen, langen, schmerzenden Stich durch alle Nerven.

Eine staunende und enttäuschte Traurigkeit legte sich über mich, als er so von seiner Liebe sprach, — eine Traurigkeit, als gelte diese Liebe gar nicht mir, sondern als liebte er sozusagen an mir vorbei ins Leere hinein.

Als ich noch immer schwieg, kam Benno näher, setzte sich mir gegenüber an das Kaminfeuer und sagte nach einer Pause:

»Siehst du, von diesen innern Umwälzungen ist auch meine äußere Existenz beeinflußt worden. Du mußt nicht denken, daß ich ewig hierbleiben will. Ich will nicht den Direktorposten hier, und habe Aussichten in einer größern Stadt — —. Nun, davon ein andres Mal. Ich wollte dir nur sagen, weshalb ich hier so unsinnig viel gearbeitet habe, — du dachtest wohl, weil ich ganz darin aufgegangen wäre hier im Winkel. Aber das ist nicht so. Mit einem Ziel vor Augen, einem einzigen Ziel, hab ich wie verrückt gearbeitet — und auch gespart und gegeizt, — der reine Hamster —.« Er bückte den Kopf gegen das Feuer und lächelte ein wenig: Es sah beinah kindlich froh aus.

Ich hatte die Hände sinken lassen und schaute auf ihn, und eine unaussprechliche Weichheit kam über mich. Ich sah den blonden Kopf mit dem gelichteten Haar an den Schläfen, dem nervösen Zug um den Mund und mit dem etwas angestrengten, gespannten Ausdruck, der fast nie mehr von seinem Gesichte wich. Und ich sah vor mir die Öde, durch die er gewandert war, die Summe von Arbeit und Einsamkeit, die hinter ihm lag. Wie ein neuer, zuvor nie in seiner Wirklichkeit von mir geschauter Mensch kam er mir vor; der »gepanzerte« Mann meiner Backfischromantik legte seine Rüstung ab, und dahinter stand ein kindguter, liebebedürftiger Mensch, der keinen, — nein keinen, mit hartem Fuß niederzutreten vermöchte.

»Um den Hals fallen sollte man ihm, und ihm alles Liebe antun!« dachte ich weich und erschüttert. Aber in meinem Herzen blieb dennoch dieselbe große Traurigkeit und Enttäuschung, wie wenn er mir etwas Bitteres zuleid getan hätte.

Er stand in seiner Unruhe wieder auf und sagte befangen:

»Was es mich damals gekostet hat, — nur deine Mutter weiß es, was es mich gekostet hat, dich fortzulassen. Du durftest es ja nicht wissen. Und um deinetwillen mußte es sein. Ich schuldete deinen Eltern so viel, — ich hätte ja auch nie um dich zu werben gewagt, — ich konnte dich nicht kranken und verkümmern lassen. Jetzt, — jetzt würde es anders sein, Adine.«

»— Benno —!« sagte ich leise, verwirrt, wie gestern, und auch in abwehrender Furcht wie gestern, vor den Worten, die nun kommen mußten. Aber es war doch nicht dieselbe Furcht, und nichts erzitterte in mir dabei in lähmendem Unterliegen, und nichts durchschauerte mich, wie gestern. Ich dachte in diesem Augenblick überhaupt nicht an mich, sondern allein an ihn, und alles, was ich fürchtete, war, ihn leiden zu sehen, ihm weh tun zu müssen.

Nie, noch nie bin ich ihm menschlich, in menschlicher Anteilnahme, mitempfindend so nahe gewesen, — nie aber auch war ich gleichzeitig so fern von ihm, so weit, weit fort, — als Weib.

»Ja, vielleicht hast du recht!« sagte ich atemlos, überstürzt, und richtete mich auf, »— vielleicht hätten wir von allem Anfang an anders miteinander verschmelzen können, ohne Kampf, ohne Hemmnis, auch ohne Unterordnung oder Überordnung des einen oder des andern! Einfach in der Freude und im Rausch unsrer frischen Jugend. Ja vielleicht! Vielleicht gibt es eine solche Liebe, und ist sie möglich und ist sie schön«, — ich stockte, und ein Schmerz, den ich selbst nicht begriff, machte mir die Brust eng; ich fügte mühsam hinzu: »— aber das ist verscherzt, das ist für mich zu spät —«

»Nein, — nicht! bitte, sage nichts!« bat er hastig und durch meinen plötzlichen Ausbruch erschreckt, »— du sollst gar nicht so übereilt — du sollst dir Zeit lassen, — prüfen —; nur mir von der Seele sprechen mußt ich es gegen dich —«

Er brach ab, weil im anstoßenden Wartezimmer eine Tür knarrte; ein leichtes Geräusch, wie von einem Stock, der den Boden berührte, wurde hörbar.

Benno blickte unruhig auf die kleine Standuhr auf dem Kaminsims.

»Unmöglich kommt sie so früh«, murmelte er verwirrt, »ich habe ihr doch gestern abend die Stunde genannt.«

Doch schon pochte es leise, und er öffnete die Tür ins Wartezimmer. Vor ihm, ganz hell vor Freude, Erwartung und Ungeduld, stand die kleine Baronesse.

Sie begrüßte mich wie eine alte Bekannte, ohne irgend etwas von der Benommenheit zu merken, worin sie Benno und mich vorfand; sie war dazu selbst zu benommen.

»Wir sind gestern schon ganz schnell die besten Freunde geworden«, erklärte ich Benno, der ihr den Krückstock aus der Hand nahm und ihr den bequemsten Sessel heranrückte.

»Das wundert mich gar nicht«, erwiderte er mit der ruhigen und beruhigenden Stimme, die er als Arzt zur Verfügung zu haben schien wie eine bereitliegende Maske, »du würdest auch in ganz Brieg schwerlich einen zweiten Menschen finden, mit dem du so gut zusammenpaßt, wie die Baronesse Daniela.«

»Nicht in allem!« sagte die kleine Verwachsene lächelnd, »man dürfte uns zum Beispiel schon nicht zusammen auf der Straße sehen; wie schön würd ich da nachhumpeln müssen.«

Benno warf ihr durch seine Brille einen forschenden Blick zu.

»Grade deshalb!« bemerkte er, »denn wären Sie so schlank gewachsen wie eine Tanne im Walde, so würden Sie in andrer Hinsicht schwerlich so hoch in die Höhe gewachsen, sondern recht oberflächlich ausgefallen sein und unsrer Dina in allen Stücken nachhumpeln müssen.«

Sie strahlte ihn statt jeder Antwort mit ihren dankbaren, glücklichen Augen an, und ich sah es ihr an, wie völlig geborgen sie sich vorkam, — auf eine Stunde vor allem Ungemach geborgen, und mit ihm zu zweit allein.

»Ich gehe nun hinüber«, äußerte ich und gab ihr die Hand, »ich denke aber, daß wir bald wieder miteinander plaudern.«

»Bald, ja!« versetzte sie zerstreut und blickte unversehens Benno an, statt mich, »— wenn man mich nur bald wieder herläßt. Jetzt gibt es so viele Abhaltungen vor Weihnachten. Deswegen mußte ich heute schon so früh kommen, — später käm ich nicht frei.«

Ich verließ das Zimmer fast mit einer wunderlichen Regung von Neid. Ja, ich beneidete beinah die kleine Verwachsene um die harmlose Romantik, womit sie da drinnen bei Benno ihren Anteil an Menschenglück sich vorwegnahm. Sie konnte ihn hoch über sich stellen, sich selbst demütig unter ihn, ohne daß diese halb erträumte Situation sich jemals zu ändern brauchte, ohne daß die Wirklichkeit des Lebens sie jemals in ihren Illusionen und Phantasien stören würde, — denn Leben und Wirklichkeit blieben ihr doch wohl immer fern.

Sie setzte jetzt den Becher an die Lippen und nippte von derselben Sklavenseligkeit, woran ich mich einst Benno gegenüber so bis zur bewußtlosen Selbstvernichtung berauscht hatte, — und die es für mich ihm gegenüber nun nicht mehr gab. Und arglos hielt er ihr diesen betäubenden, gefährlichen Trank an die Lippen. Von mir aber, die damit bis in die letzten Nervenfasern vergiftet gewesen war, heischte er ebenso arglos, daß ich, mit ernüchtertem Herzen und ernüchterten Augen, ihn lieben sollte —.

Bei uns im Wohnzimmer traf ich Gabriele. Meine Mutter schien eben erst von Weihnachtsbesorgungen in der Stadt heimgekehrt zu sein; sie stand noch im Hut da und trug die einzelnen Ausgaben in ihr Notizbüchelchen ein.

Gabriele drehte sich rasch nach mir um und rief:

»Ich bin nur da, um dich zu fragen, ob du nicht heute abend ein wenig zu uns heraufkommen willst? Es sind lauter alter Bekannte bei uns, die neugierig sind, dich wiederzusehen, wie du dir wohl denken kannst.«

»Ja, danke. Vielleicht. Nimm es lieber nicht als gewiß«, entgegnete ich, von der Vorstellung erschreckt, den Abend gesellig verbringen zu sollen, und setzte mich an den Tisch, auf dem mehrere aufgeschnürte Pakete mit blitzenden Anhängseln zum Christbaum lagen.

»Auf mich mußt du keine Rücksicht nehmen«, bemerkte die Mutter und legte ihr Notizbuch neben mich hin, »so früh, wie ich's gewohnt bin, kannst du dich ohnehin nicht zur Ruhe begeben. Aber ich wache nicht davon auf, wenn du später ins Schlafzimmer kommst.«

Ich langte nach dem kleinen abgenutzten Bleistift am Notizbuch und begann zerstreut, auf dem harten grauweißen Paketumschlag zu zeichnen.

»Doktor Frensdorff kommt wohl sicher nicht mit herauf?« fragte Gabriele zögernd.

»Schwerlich«, versetzte die Mutter, »er fährt mittags weit über Land und kehrt erst spät zurück.«

»Also nicht!« bemerkte Gabriele in so merkwürdig resigniertem Ton, daß ich unwillkürlich aufblickte.

Ich vermochte in dem gesenkten Gesicht, das von feinem Kraushaar wie von einer leuchtenden Wolke umschattet wurde, nichts zu lesen. Aber jetzt nachträglich fiel mir Gabrielens fortwährendes Erröten bei unserm gestrigen Gespräch und manches ihrer Worte auf.

Fast kam mir ein Lächeln. Wenn sie wirklich in Benno verliebt war, so mußte man es humoristisch nennen, um wie verschiedener, ja einander ausschließender Eigenschaften willen wir drei uns für ihn interessiert hatten. Was ist nun ein Mensch wesentlich andres, als was wir uns aus ihm zurechtmachen?

Aber von uns dreien traute ich Gabriele das beste Urteil über ihn zu. Vermutlich hatte sie ganz recht damit, daß sie eine passende Frau für Benno wäre, von der er sich dann sicher auch genau so erziehen ließe, wie es sich nach Gabrielens Meinung für die Frau von heute schickte.

Da bemerkte Gabriele:

»Doktor Frensdorff ist überanstrengt und überbeschäftigt, daher geht er nirgends hin. Jemand sollte ihm das ausreden. Das solltest du tun, Adine.«

»Er hört doch nicht drauf«, meinte die Mutter und ging hinaus, um ihren Hut abzulegen.

»Auf dich würd er wohl hören«, sagte Gabriele halblaut.

Ich ließ überrascht den Bleistift fallen und sah sie an.

»Wär es dir denn im Ernst angenehm, wenn ich mich drum kümmerte oder ihn beeinflussen wollte?«

»Ja. Wenn es zu seinem Wohl dient«, versetzte Gabriele finster.

Etwas von meiner alten Bewunderung für sie regte sich in mir. Und eine warme Bereitwilligkeit, ihr zu helfen. Sie sollte wissen, daß ich ihr nicht in den Weg treten würde.

»Meine Sache ist das aber gar nicht«, sagte ich rasch und in leichtem Ton, während ich fortfuhr zu zeichnen, »du weißt ja: Ich gerate lieber selbst unter jemandes Einfluß. Ich will aber beides nicht. Es ist also besser, wenn dir das zugehört, und niemand anders teil dran nimmt.«

Gabriele stand auf.

»Ich muß hinaufgehn, um nach unserm Mittag zu sehen, auf Mutchen ist kein Verlaß«, bemerkte sie ruhig, dann aber, als ich ihr die Hand gab, sah sie mir fest und fast etwas hochmütig in die Augen und fügte ernst hinzu:

»Was uns wahrhaft gehört, Adine, das nimmt niemand uns fort. Was uns wahrhaft gehört, das fällt uns zu, früher oder später. Daher sind alle kleinlichen Sorgen um Dein und Mein niedrig. Alles, was wir zu tun haben, ist, selber vorwärts zu gehn; wer zu uns gehört, geht mit, wer das nicht tut«, — sie hielt inne und atmete tief auf, — »der — ja der darf uns auch nicht aufhalten.«

Ich beugte mich, etwas verdutzt, über mein Paketpapier. Leidenschaftslosigkeit und Überzeugungskraft sind gewiß hohe Tugenden. Und ich —? Ach, ich!

Ich blickte erst wieder verwundert auf, als die Mutter wieder eintrat und mir über die Schulter sah.

»Aber das ist ja die kleine Baronesse!« rief die Mutter überrascht, »nur gar so schön, wie du ihren Kopf gezeichnet hast, ist sie doch nicht, Kind.«

»Nicht schön —? — Übrigens ist es eigentlich auch nicht grade die Baronesse Daniela. Es ist nur das Glück, Mama.«

»Das Glück —?!«

»Ja. So ungefähr schaut es aus. Aus solchen Augen schaut es das Leben an.«

»Arme Daniela«, meinte die Mutter, »sie hat es schwer genug im Leben. Weißt du, daß sie auch grade eine Majorstochter sein muß, wo so viel laute Geselligkeit im Hause herrscht —. Man möchte ihr schon ein wenig Glück zu Weihnachten wünschen, als Christgeschenk.«

»Ach Mama, kein Mensch weiß ja so recht, was der andre sich wünscht. Ich könnte mir zum Beispiel Danielas Schicksal wünschen. Oder einfach zu Weihnachten einen schön gewölbten Bukkel, Mama.«

»Aber Dienchen! so sündhafte Scherze soll man nicht machen.«

Das Dienstmädchen kam herein und brachte die eingelaufene Post. Sie überreichte die paar Kartenbriefe mit einer Würde auf dem Präsentierteller, als wären es mindestens hochwichtige Depeschen.

»Ich möchte wohl wissen, warum die Anna immer so feierlich tut«, bemerkte ich, nachdem sie wieder hinausgegangen war, »wenn sie abends die Lampe bringt, trägt sie sie auch vor sich her wie eine Gottesfackel.«

»Sie ist krank gewesen. Das ist ihr von der Krankheit verblieben.«

»Was — die Feierlichkeit?«

»Die Wahnvorstellung, als ob alles, was sie tut, die feierlichste Bedeutung hätte. In ihrer Geisteskrankheit war sie nämlich ganz glückselig. Da hat sie gemeint, beim Kaiser von China zu dienen. Das kann sie sich in ihren Manieren noch nicht recht abgewöhnen. Aber Benno meint, das schade nichts.«

»Und das nennt man nun Wahnsinn!« sagte ich seufzend. »Eine Fähigkeit, so beglückende Illusionen einfach festzuhalten. Ich glaube, Mama, ich wünsche mir zu Weihnachten außer dem Buckel auch noch einen ganz niedlichen kleinen Wahnsinn.«

»Aber, Kind! Du redest ja schon den reinen Wahnsinn!« meinte die Mutter unwillig und las ihre Kartenbriefe.

Ich legte die Arme auf den Tisch und den Kopf darauf. Der Kopf war mir so leer, und das Herz so schwer, wie nach einer Vergeudung und Erschöpfung aller Kräfte. Und dabei war der Morgen doch so idyllisch friedlich verlaufen. Ohne Not hatte ich mich vor den Morgenstunden bei Benno gebangt, als drohte mir in ihnen eine Gefahr, die heimlich anzieht wie Schwindel und Abgrund —. Da war gar kein Abgrund. Flache grüne Wiese, eine Landschaft geschaffen zum Schäferidyll — —.

Und Sehnsucht und Enttäuschung und ein Widerwille gegen

alles, was nicht Abgrund und Gefahr sein wollte, wachten in mir auf. In mir erwachte ganz dieselbe Gemütsstimmung und Gemütsspannung, in der ich mich damals von Benno losriß, — weil mir der volle Becher zwischen den Lippen zerschellte.

Ungern entschloß ich mich gegen Abend, zum Rendanten in die kleine Gesellschaft zu gehn. Aber es wäre mir ebenfalls schwergefallen, diesen Abend neben meiner Mutter im Wohnzimmer zu sitzen und mit ihr heiter und eingehend zu plaudern. So kleidete ich mich denn auf ihr Zureden um und schickte mich an hinaufzugehn, um Gabriele nicht zu kränken.

Als ich aus unsern Stuben in den Hausflur trat, fand ich seltsamerweise die Tür nach der Straße weit offen. Eh ich sie zumachte, blieb ich einen Augenblick lang auf der Schwelle stehn und schaute hinaus. Draußen war es unwirtlich und häßlich. Der Frost zeigte Neigung, in Tauwetter überzugehn; die Schneeschicht lag nur noch dünn und klebrig auf der Straße, und ein feiner Winternebel verschleierte das gelbe Licht der Laternen.

Da, wie aus der Erde gewachsen, ging ein junger Mann draußen vorüber und grüßte. Die Straße war er nicht herabgekommen, ich hätte seinen Schritt durch den getauten Schnee hören müssen.

Ich schloß die Tür, von der feuchten Kälte durchschauert, als im selben Augenblick jemand von der Hofseite durch das Hinterpförtchen in den Flur huschte.

Ich wandte mich um und erkannte Mutchen.

Mutchen sah erschrocken aus; in einen Mantel gehüllt, aus dem das helle Gesellschaftskleidchen hervorleuchtete, stand sie wie verstört da und horchte nach oben, wo das Geräusch herabkommender Schritte hörbar wurde.

Dann lief sie plötzlich auf mich zu, faßte mich am Arm und flüsterte hastig und ängstlich:

»Ach, lassen Sie mich um Gottes willen zu Doktor Frensdorff hineinschlüpfen, — er ist nicht zu Hause, — bitte, bitte, ich erkläre Ihnen gleich —«

Ich stieß die Tür zu Bennos Wartezimmer auf und zog Mutchen dort hinein.

»Was ist denn geschehen? vor wem fürchtest du dich? wer bedroht dich?«

»Ich glaube, das Mädchen geht nach Bier«, flüsterte Mutchen atemlos; »— bitte, bitte, sagen Sie nur Papa oder gar Gabriele nichts, — nein? Sie haben's ja gesehen, Sie standen ja an der Haustür, als Doktor Gerold vorüber mußte.«

»Doktor Gerold? war das der, der eben vorüberging? wer ist es denn? und wozu heimlich?«

Mutchen schmiegte sich in der dunklen Stube an mich und flüsterte halb schüchtern, halb schelmisch:

»— Wozu?! — ja, wie soll man denn anders? Haben Sie denn nie einen liebgehabt? Ich kann ihn doch nicht plötzlich da oben hinstellen zwischen Papa und die Tanten und Verwandten. Sie würden ja auf den Tod erschrecken. Abgesehen davon, daß Gabriele mich — na!«

»Ihr seid wohl heimlich verlobt, Doktor Gerold und du?«

»Ich glaube«, sagte Mutchen zögernd.

»Du glaubst es nur?! Du weißt nicht, ob ihr verlobt seid?«

»Ja, kann man denn das so ganz genau wissen?« Mutchens Stimme klang kläglich, »wir sind noch so jung alle beide, er kann ja eigentlich noch gar nicht etwas so Festes — — ach du, kann man denn *daran* denken, wenn man jung ist und einen liebhat?« setzte Mutchen in raschem Stimmungswechsel resolut hinzu und merkte nicht einmal, daß ihr das vertrauliche »Du« entschlüpft war. »Laß mich jetzt schnell hinauf, ehe die Guste mit dem Bier wiederkommt. Und ich danke dir! Nicht wahr, — o nicht wahr, du verrätst es nicht? Von dir glaub ich's, eine andre würd ich nicht einmal erst drum bitten.«

»Warum dann mich, Mutchen?«

»Ich weiß nicht. Du schaust so aus. So, als müßtest du's verstehn.«

»Nun, Mutchen, verraten werd ich dich nicht. Aber unter einer Bedingung, hörst du? nur wenn du mir alles sagst, — wenn du mir morgen sagst, was eigentlich zwischen euch ist. Versprichst du mir das?«

»Ja, ja!« murmelte Mutchen, küßte mich hastig und schlüpfte aus dem dunklen Zimmer.

Ich stand und schüttelte den Kopf.

»Ich bin wirklich eine schöne Autorität für solchen Mutchen-Fall!«

dachte ich ratlos, »was soll das nützen, wenn sie mir auch alles erzählt? kann ich etwa entscheiden und eingreifen? Gewiß tut sie unrecht mit diesen Heimlichkeiten. Gewiß, — vielleicht. Vielleicht hat sie auch ganz recht.«

Ich tappte mich in die daneben gelegene Studierstube, wo die Zündholzschachtel stets auf dem Rauchtischchen lag, und machte Licht.

Jetzt, nach diesem Zwischenfall, mochte ich nicht, wenigstens nicht gleich, zu Gabriele hinaufgehn, — am liebsten hätt ich es ganz gelassen.

Auf dem Kaminsims, zu beiden Seiten der kleinen Standuhr, standen zwei Bronzeleuchter mit dicken Wachskerzen, die durch die Länge der Zeit förmlich von Staub vergraut waren. Ich zündete eine davon an und sah in Gedanken versunken in die gelbe ruhige Flamme.

Welch ein keckes, leichtblütiges Ding dieses Mutchen mit ihren achtzehn Jahren sein mußte! Ich selbst war anders gewesen zu dieser Zeit, trotzdem sie eben versichert hatte, ich schaute grade so aus, »als verstände ich das«.

Und wer weiß! vielleicht hatte es auch nur der Zufall so gefügt. Der Zufall, der mich in eine rechte Schwärmerei voll Traumromantik führte, weil er mich von rascher Erfüllung der Liebeswünsche fernhielt.

Mutchen aber war nicht in lebensfremden Träumen groß geworden, sie war ein rechtes Kind ihrer Zeit, das das Leben allzufrüh so gesehen hatte, wie es ist, und sich nun mit heitern, listigen Augen einen Ausweg erspähte aus den sie beengenden strengen Mädchensitten. Heute liebte sie Doktor Gerold, wie sie behauptete; aber vielleicht hatte sie sich schon in der Tanzklasse heimlich mit halbwüchsigen Gymnasiasten eingelassen und sich auf die künftigen Liebesabenteuer gefreut wie auf ihr allerschönstes Jugendvergnügen.

Man konnte das bedauern. Man konnte in solchem Fall sie selbst bedauern, die ein kostbares Kapital unachtsam in kleiner Münze verstreute. Aber warum bedauerte man dann nicht wenigstens auch den rasenden Gefühlsverbrauch, die erschlaffende Gefühlsausschweifung in den jugendlich romantischen Marlittiaden von uns andern? Verliefen die etwa harmloser als ein Leichtsinn wie der

Mutchens, nur weil man durch sie am Leibe keinen Schaden nimmt und weil ihre feinern und intimern Korruptionen des seelischen Lebens nach außen unmerkbarer bleiben? In Wahrheit ist es vielleicht minder gefahrvoll, sich bei oberflächlichen Genüssen zu zerstreuen, als hinabzusinken in allerlei schwüle, dunkle Tiefen alter Gefühlselemente, gegen deren Überreizung die gesunden warmen Reize des Lebens nicht aufkommen —.

Ich hatte mich auf das Fußende der Ottomane gesetzt und horchte unentschlossen nach oben, von wo das Gesumme durcheinanderredender Stimmen zu mir drang und wo jetzt gar ein lustiger Walzer auf dem Klavier gespielt wurde.

Da trat jemand von draußen in den Hausflur, man hörte, wie er sich den lockern Schnee von den Stiefeln stampfte, ein Männerschritt näherte sich, — dann wurde die Tür zur Studierstube geöffnet, und Benno stand auf der Schwelle.

Ich wandte den Kopf nach ihm und sagte entschuldigend:

»Ich meinte, du kämst erst spät heim. Verzeih, daß ich hier sitze. Mama glaubt mich oben in der Gesellschaft. Ich soll auch hin. Zauderte aber hier, und blieb. Es war so schön still hier.«

Er antwortete nicht. Im Türrahmen stand er still und schaute herüber zu mir. Seine Augen hingen an dem elfenbeinfarbenen Wollkleid, das ich angezogen hatte, und langsam stieg sein Blick daran herauf bis zu meinem Gesicht. Das seine erschien mir blaß und seltsam.

Von seinen Lippen kam ein Laut, — kein Wort, nur ein schwacher, kurzer Laut, — und eh ich es noch hindern, eh ich noch aufstehen konnte, lag er vor mir auf dem Teppich und umfaßte mich mit ausgestreckten Armen und geschlossenen Augen, und bedeckte meine Hände, meinen Hals, meinen Schoß mit Küssen.

Er küßte mich, ohne mich loszulassen, ohne in seinem Ungestüm nachzulassen, ohne mir Atem zu lassen. Er küßte mit einer Gewaltsamkeit und Benommenheit, womit er mich fast brutalisierte, während er mich liebkoste. Er küßte so, wie jemand trinkt, der, an der Stillung seines Durstes verzweifelnd, schon verschmachtend am Boden gelegen hat. Er küßte mit der Sehnsucht, Inbrunst und Dankbarkeit jemandes, der sich mit unaussprechlicher Wonne vom Tode freiküßt.

Ich regte mich nicht und wehrte ihm nicht. Ich gab leise seinen

Bewegungen nach, ohne sie zu erwidern. Ich fühlte mit staunendem Mitleid diesen Ausbruch einer lange, lange und mit entsagender Kraft zurückgedämmten Leidenschaft, die sich in diesem Augenblick blindlings sättigte. Und während ich seinen unsinnigen Küssen nachgab, regte sich in mir etwas Wunderliches, ganz Zartes und beinahe Mütterliches, — die Hingebung einer Mutter, die einem weinenden Kinde lächelnd ihre nahrungschwellende Brust öffnet.

So ruhte ich, fest von seinen Armen umschlossen, die Augen weit offen zur Decke emporgerichtet, und dabei ging es mir still und beinah ehrfürchtig durch den Sinn, — wie keusch wohl das Leben dieses Mannes hingegangen sei —.

Benno ließ mich endlich frei, mit einem ächzenden Laut, als ob er sich eine Wunde zufügte. Zugleich sprang er zitternd vom Boden auf und sagte mit einem Ausdruck leidenschaftlicher Verzückung auf seinem Gesicht:

»Ich danke dir! Du mein einziger, geliebtester aller Menschen, ich danke dir! Ich wäre erstickt und zerbrochen, wenn du mich zurückgestoßen hättest!«

Es fiel ihm nicht ein, nicht einen einzigen Augenblick lang fiel es ihm ein, daß ich vielleicht seinen Rausch nicht geteilt haben könnte. Um ins Mitempfinden des andern einzugehn, dazu gehört gewiß Liebe, aber bei einem gewissen Grad der Liebesleidenschaft schlägt sie zurück in so besinnungslosen Egoismus, daß sich daraus keine Fühlfäden mehr in die äußere Welt erstrecken, sei es auch die Gefühlswelt des geliebten Menschen, und daß ein störender Mißton einfach dadurch unmöglich gemacht wird, daß man ihn eben nicht aufnimmt und nicht vernimmt. Liebesleidenschaft ist wie die letzte und äußerste Einsamkeit.

So befangen Benno noch heute morgen geschwankt und gezweifelt hatte, so siegessicher fühlte er sich jetzt. Alle ängstliche Überlegung, alle Mutlosigkeit war von ihm genommen. Ich richtete mich langsam auf, ohne die Augen von ihm zu wenden.

Sonderbarerweise beschäftigte mich dabei eine ganz gleichgültige Kleinigkeit. Benno hatte, während er auf den Knien lag und mich küßte, seine Brille verloren. Sie lag auf dem Teppich neben der Ottomane, und die Gläser, die sonst seinen Blick verdeckten, glänzten im Kerzenlicht.

Und da schauten mir nun seine Augen brillenlos entgegen, so wie sie in Wirklichkeit waren, — blau und treuherzig, mit dem etwas unsichern, etwas starren Blick derer, die sich immer scharfer Gläser bedienen — —.

Benno machte eine gewaltige Willensanstrengung, um sich zu fassen und zu beruhigen, trat zurück und sagte:

»Verzeih mir. Ich wollte dir Zeit lassen, — ich hätte es vielleicht sollen, aber ich konnte nicht länger, Adine. Sieh, den ganzen Tag, den ganzen schrecklichen Tag trug ich eine sinnlose, würgende Angst mit mir herum. Eine Angst, weil du heute früh etwas gesagt hattest von ›zu spät‹, oder — oder ›verscherzt‹ hast du gesagt, — etwas Ähnliches; — siehst du, der Zweifel brachte mich von Sinnen.«

Und er griff hastig, wie um mich nun auch wirklich sich nicht entgehen zu lassen, nach meinen Händen und setzte sich neben mich, dicht zu mir gebeugt.

»Liebste! — sag mir ein Wort«, bat er mit einem glücklichen Lächeln, — und mein Blick mied scheu den seinen.

Diese leuchtenden treuherzigen blauen Augen, dieses ganze von Glückszuversicht verklärte Gesicht klagte mich laut an.

Ich selbst klagte mich an, und erschrak über das Geschehene. Und doch hätt ich nicht anders zu handeln vermocht, auch wenn es gegolten hätte, noch einmal zu handeln in den tollen vorüberge-stürmten Minuten seines Rausches. Besser, tadelloser wär es zwei-fellos gewesen, ihm zu sagen: »Küsse mich nicht! täusche dich nicht! ich liebe dich nicht!« Aber wie konnte ich ihn im Dursten und Darben zurückstoßen und sorgsam abwägen, was das Richtigere, das Tadellosere war —?

»Vielleicht fehlt mir jeder Stolz! vielleicht jede Scham!« dachte ich, »und jetzt? und hinterher? was soll ich tun? wie ihn aufklären und kränken? Ach, ich kann ihn nicht kränken! Kann ihn nicht durch Mitleid beleidigen. Ich bin ein feiges — ein ganz feiges Geschöpf!«

Jetzt fiel Benno doch meine Stummheit und innre Ratlosigkeit auf. Etwas wie eine dunkle Unruhe ging durch seine Augen und machte sie rührend, wie erstaunte Kinderaugen.

»Adine, — ich — — sprich zu mir!« rief er fast laut, »ich halt's nicht aus! Warum sprichst du nicht?«

»Lieber Gott!« dachte ich, »hilf mir doch! Gib mir ein, was ich tun soll. Niemals, niemals kann ich ihm die ganze Wahrheit sagen! niemals, niemals ihn vor mir demütigen, — ihn, den ich einst, ach einst —! Lieber laß mich klein und verächtlich werden in seinen Augen, daß er selber mich nicht mehr will, nicht mehr liebt. Laß mich lieber ganz zunichte werden, — Staub zu seinen Füßen —.«

»Dina —!« sagte er mit erstickter Stimme, und man konnte sehen, wie ihn ein Schreckgefühl durchrieselte. Ich mochte ja vor ihm dasitzen wie ein Bild der Selbstanklage und Verwirrung. Und da mochten seine Zweifel plötzlich heraufsteigen, — Zweifel, die er mit sich herumgetragen, — Zweifel, die ihm erst vor einer Woche den Brief an mich diktiert hatten, — Zweifel an der Unberührtheit meines Mädchenlebens.

»— Nein, nein!« entfuhr es ihm wild abwehrend, grade als widerspräche er jemand, »— nein, es kann nicht sein! Nicht das kann es sein, — Adine, auf meinen Knien will ich es dir zuschwören, daß du mir das Höchste, das Reinste bist, das, wovor ich knie, und das schon der leiseste Schatten eines Mißtrauens entstellen würde. Was liegt an der ganzen Welt! Wenn du nur bist, die du warst!«

Ich stieß einen Seufzer aus, mir war wie einem Erstickenden, der Luft bekommt. Unwillkürlich falteten sich meine Hände. Ja, dies war ein Ausweg, — der Schatten von Mißtrauen, der Zweifel, der Brief, — wenn Benno an all das glaubte, dann war es ein Ausweg. Allzu hergebracht streng dachte er doch in diesem einen Punkt, und allzusehr hatte seine Phantasie mich verklärt, um darüber mit seiner Liebe hinwegzukommen —.

Benno war aufgesprungen, er starrte mich an und atmete kurz. Er hatte nach der Lehne des zunächststehenden Stuhles gegriffen und umfaßte sie gewaltsam mit beiden Händen, als wollte er sie zerbrechen. Der ganze Mann zitterte.

Mit heiserer, rauh klingender Stimme brachte er hervor:

»Wenn du — — hast du — — ist ein andrer — —«

Und als ich noch immer schwieg, ging er langsam auf mich zu, und leise, ganz leise, als fürchtete er sich vor seiner eignen Stimme, sagte er mit herzerschütterndem Ausdruck:

»Dina! — Dina! sage, daß es nicht wahr ist! daß du keine —«

Es durchfuhr mich in diesem Augenblick doch, wie von einem elektrischen Schlag. Ich hörte nichts mehr und sah nichts mehr, ein seltsamer Schwindel schien mir alle Gegenstände und alle Gedanken zu verrücken und zu verwandeln.

»Staub zu seinen Füßen, — jetzt bin ich ihm das wirklich!« dachte ich nur noch dumpf, und irgendeine unklare Vorstellung dämmerte dunkel in mir auf, daß sich da soeben etwas Sonderbares begäbe: irgendeine wahnsinnige Selbsterniedrigung und Selbstunterwerfung, — irgendein sich zu Boden treten lassen wollen —.

Und doch löste sich dabei etwas in meiner innersten Seele, was sich bis zum äußersten gestrafft und gespannt hatte wie ein Seelenkrampf, — und es überflutete mich mit einer zitternden Glut, und es schrie auf und frohlockte — —.

Und dennoch war diese ganze Situation kein wirkliches, kein wahrhaftes Erleben, sondern sie war von mir nur geschaffen, von Benno nur geglaubt, — sie war nur ein Schein, ein Bild, ein Traumerleben, — ein Nichts.

Ich weiß nicht, ob ich auf der niedrigen Ottomane sitzen blieb oder ob ich in die Knie sank und mein Gesicht in die Hände drückte, — jedenfalls hab ich dies meinem innern Verhalten nach getan und habe so verharrt. Damit schloß für mich diese Szene; damit schloß meine Beziehung zu Benno.

Trotzdem würde ich ja nie, im ganzen Leben nicht, imstande sein, die Liebe eines Mannes zu ertragen, der mich wirklich auf die Knie festbannen oder mich in meiner Individualität ähnlich vergewaltigen wollte, wie Benno es ehedem unwissentlich versucht hatte. Aber was hilft mir diese Erkenntnis? Hilft sie mir etwa dazu, nun auch voll und stark und wahrhaft hingebend zu lieben ohne diese furchtbaren Nervenreize? Nein! Wenn ich das seitdem je geglaubt habe, so erwies es sich sofort als ein bloßes Trugspiel, ja eben als ein unwillkürliches Spiel ohne Dauer und Tiefe. Es ist, wie wenn ich mich festgenagelt fühlte zwischen der Oberflächlichkeit Mutchens und der hysterischen Romantik der kleinen Verwachsenen, dazu bestimmt, zwischen diesen beiden Polen des Gefühls hin und her zu pendeln wie zwischen Leichtsinn und Wahnsinn —.

Denn ich kann wohl als Künstlerin entzückt und erregt werden, und zugleich mit tiefster Sympathie nach einem mir teuren Menschenwesen langen, — aber alles, was dem Weib in mir an den Nerv greift, alles, was instinktiv tiefer greift, als Freundschaft und Phantasie zusammen vermögen, — alles das ist dunkel jenem letzten

118

Schauer verwandt, der vielleicht eine lange, unendliche Generationen lange Kette duldender und ihres Duldens seliger Frauen in mir wunderlich und widerspruchsvoll abschließt — —.

Auch meine Mutter gehörte ja in irgendeinem Sinne zu diesen Frauen.

In der Nacht, die der Szene mit Benno folgte, wachte sie plötzlich von dem unterdrückten Weinen auf, das aus meinem Bett hinüberdrang.

Sie richtete sich auf und horchte besorgt.

»Gute Nacht, mein liebes Kind?« sagte sie leise, fragend.

»Gute Nacht, liebe Mama«, erwiderte ich.

»Wann bist du denn von Rendants gekommen? Hast du noch gar nicht geschlafen?«

»Ich war gar nicht oben, Mama. Ich war bei Benno im Arbeitszimmer.«

»Aber Kind, du weintest ja! — — War Benno zu Hause?«

»Er kam nach Hause.«

Meine Mutter verstummte. Sie mochte erraten, daß es zwischen uns eine Aussprache gegeben hatte, denn nach einer längeren Pause hob sie wieder an:

»Adine, mein Kind, du verlangst zu viel vom Leben und von den Menschen. Du bringst dich noch um dein Glück. Alles in der Welt kostet Opfer, und am meisten das Glück. Mag sein, daß Benno manches anders will als du. Den heutigen Frauen scheint es schwer, dem Mann dienstbar zu sein, aber glaube mir, es ist noch das Beste, was wir haben, und ich bin es deinem lieben Vater auch immer gewesen. Auf die Länge lieben wir keinen Mann so recht, wie den, er uns befiehlt —«

»Ach Mama, *das* glaub ich gern.«

»Nun, — aber —?« meiner Mutter Stimme klang ängstlich gespannt.

»Aber Benno ist ganz andrer Meinung darüber, Mama.«

Meine Mutter verstummte wieder, diesmal völlig verblüfft. Sie hatte mir ja so gut zureden wollen und hatte mir nun, ohne es zu wissen, abgeredet. Lange ertrug sie das nicht, mein liebes Mütterchen. Und im Drange ihres Herzens, zu helfen und das Glück zu bauen, wie sie es meinte, verleugnete sie heldenmütig alle ihre heiligsten Überzeugungen für mich und sagte etwas unsicher:

»Ach Kind, Schattenseiten hat am Ende ja auch eine Ehe, wo der Mann herrscht. Du kannst dir doch denken, daß das nicht immer grade leicht für die Frau ist. Wenn ich so zurückdenke, ist es auch nicht immer angenehm gewesen.«

Ich mußte in all meiner Betrübnis lächeln, und ihre fromme Lüge rührte mich. Und plötzlich überfiel mich die Angst, die Mutter könnte jemals, durch einen unseligen Zufall, aus Bennos Wesen erraten, was ich diesen glauben ließ.

Darauf durfte ich es nicht ankommen lassen, dieser Möglichkeit mußte ich vorbeugen.

Und ich glitt aus dem Bett und schlich mich zu ihr hin. Ich tastete nach dem lieben Kopf im Nachthäubchen.

»Mama!« flüsterte ich, »gib mir noch einen Kuß.«

»Ja, mein Herzenskind. Weine nur nicht mehr. Ich kann's nicht ertragen.«

»Nein, Mama. Aber höre, was ich dir sagen will. Sollte Benno einmal – du hast mir ja erzählt, weißt du, gestern morgen wie wir aufstanden, daß Benno sich Gedanken macht über mein Leben draußen. Nun, sollte dir einmal vorkommen, als ob er das wirklich tue, so achte nicht drauf. Laß ihn dabei, streite nicht mit ihm, — aber du, laß dich nicht davon anfechten.«

Die Mutter hatte sich hastig aufgerichtet. Sie griff ängstlich nach meinen Händen und zog sie an sich, wie um mich zu schützen.

»— Benno —? — — was ist geschehen? Sage mir, was geschehen ist! Hat Benno dir unrecht getan?! Weintest du deshalb? Das darf er nicht! Sag es mir, mein Kind. Wie darf er das tun! Kein Mensch soll dir ein Haar krümmen, hörst du? Und ich — ich lag hier so getrost und ruhig, und als ich schlafen ging, da dachte ich an euch beide, und ich dankte in meinem Herzen Benno, und betete zu Gott für sein Glück, für ihn und für dich. Und er — er ging hin und tat dir unrecht!«

Ich legte leise meine Hand auf die Lippen der Mutter und barg das Gesicht in dem Kissen neben ihrem Kopf. Mir wurde plötzlich so klar, — so ganz klar, daß, was ich Benno nur glauben ließ, ja doch eine Wahrheit war, wenn nicht heute, so doch morgen, und daß, gleichviel was ich als Künstlerin erreichen würde, aus meinem Liebesleben, aus meinem Leben als Weib, der Ernst verlorengegangen war.

Und mich überkam heimlich und heiß eine kindische Sehnsucht, mich zur Mutter zurückzuretten und zurück in die erste Jugend, die nicht wiederkam.

»Mama!« flüsterte ich, »Benno ist gut, du mißverstehst das: ihn mußt du lieb — sehr lieb mußt du ihn haben. Bete du nur getrost weiter für sein Glück, und hilf ihm zu einem Glück. Und für mich bete, — ach bete, Mama, — daß er unrecht behalte —!«

Nachwort

Zwei Erzählungen in einem Band – was verbindet sie miteinander?

Nach etwa sieben Jahren einer Ehe, die Lou Andreas-Salomé (aus der ihr unbewußten Fortwirkung eines frühen Gott-Erlebens) als ein gemeinsames »Knieen« vor allem Hohen verstand, hatte sie, zurückblickend auf die Freundschaftszeit mit Paul Rée und anfangs auch mit Nietzsche, das Buch ›Friedrich Nietzsche in seinen Werken‹ geschrieben und danach die Erzählung ›Ruth‹; in ihr gestaltete sie ihren Umgang mit Hendrik Gillot, der sie zum Leben schulte.

Durch diese beiden Bücher war Lou A.-S., wie Rilke später an seine Mutter schreibt, eine »berühmte Schriftstellerin« geworden, und als solche reiste sie Ende Februar 1894 nach Paris; im September kehrte sie nach Hause zurück.

Vor diesen Niederschriften aber war sie im Kreis der Berlin-Friedrichshagener Freunde um Weihnachten 1891 einem Mann begegnet, von dem sie in ihrem ›Lebensrückblick‹ sagt: »Unter den mir Nahestehenden gewann für mich die stärkste menschliche Bedeutsamkeit Georg Ledebour.«

Diese »menschliche Bedeutsamkeit« hatte entscheidenden Charakter.

Beide, der sozialistische Politiker Ledebour und die Schriftstellerin Lou Andreas-Salomé, waren wie füreinander geschaffen, waren gleichen inneren Ranges; und daß sie sich dem Schicksal beugten, das ihnen in dem Geheimnis der Ehe mit Andreas gegenüberstand, hebt beide über jede instinktive wie persönliche Beziehung mit anderen hinaus. Das Tagebuch von Lou Andreas-Salomé bezeugt es: »Allerdings war mir Kraft und Mut / in der Ehe / nur von *ihm* gekommen und das vergaß ich keinen Augenblick: es war ja meine Art, ihm zu danken und ihn zu lieben! Aber bezeichnend genug: sie äußerte sich jetzt gerade darin, daß ich Kraft und Mut zu einem *Verzicht* fand, den er mit mir teilen mußte.«

Uns geht dies deshalb an, weil durch die Liebeserschütterung die zwischenmenschliche Beziehung der elementaren Liebe für Lou Andreas-Salomé zu einem Grundproblem wurde.

Man wird begreifen, daß Lou A.-S. gerade das persönliche Erleben nicht gestaltete, und wird vermuten, daß sie gegenüber der Frauen-Emanzipation ketzerisch war: sie war so eigenständig wie tragisch gebunden.

Die Erzählung ›Fenitschka‹ atmet in ihrem ersten Teil das damalige Paris, im zweiten, größeren Teil das damalige Moskau.

In Paris war Lou Andreas-Salomé auf Frank Wedekind getroffen. Sie verarbeitet in der Erzählung ›Fenitschka‹ seinen mißverständlich-unbedenklichen Verführungsversuch. (Der ›Lebensrückblick‹ berichtet heiter davon.) Sie macht aber Wedekind schon dadurch unkenntlich, daß sie ihn, zwei Vornamen zusammenfügend, Max Werner nennt. Und jenes Vorkommnis wird zu einem fast zauberhaften Geschehen, in welchem die Schuld auf beide verteilt wird. Für Max Werner gewinnt die deutlich als Russin (aber ohne jeden Zug von Lou) gestaltete Fenia durch das Geheimnishafte, das von ihr ausgeht, immer tieferes Interesse; und als er ihr in Moskau wiederbegegnet und durch sie in ihren Gesellschaftskreis gezogen wird, wird er nach und nach zum Freund, der zuletzt, nachdem er sie in Gemeinschaft mit ihrem von ihr verborgen gehaltenen, mit Festigkeit verschwiegenen Geliebten gesehen hat, in erschütterndem Vorgang ihr Geständnis entgegennimmt, daß für sie »Frieden« Sinn und Inhalt des Liebens ist: eine für sie heilige Grenze. Ja, er darf in einem abgesonderten Raum ihr letztes Gespräch mit ihrem für immer Geliebten anhören: wie sie diesem, der zur Ehe gedrängt hat und dadurch die Grenze gefährdet, dreimal in Abständen zuruft: »Ich danke dir! ich danke dir!« Man erfährt nicht, wie der Geliebte dieses Liebesgeständnis aufnahm. Auch Max Werner bleibt allein zurück.

Was sich hier vollzog, ist dramatischer Natur, und auch die Erzählung ›Eine Ausschweifung‹ endet mit einer dramatisch-erschütternden Szene, welcher nur ausgleichend die Öffnung zu einer Zukunft bleibt.

›Eine Ausschweifung‹ ist ein Ich-Bericht, eine Beichte, wenn man will, und nicht eine Person gibt ihr den Namen, sondern ein innerer Vorgang.

Als Anstoß – vergleichbar der Handlung von Wedekind – mag man die Erinnerung daran ansehen, daß die kleine Louise selbst, auf dem Arm ihrer früheren »galizischen« Amme sitzend, mit ansieht, wie diese »von ihrem Manne über den Nacken geschlagen wurde, während ihre Augen in verliebter Demut an ihm hingen«.

Man mag hierin eine Grundform der Liebesbeziehung erkennen – wie ein Motiv kann man sie in dem Bericht verfolgen. Aber Adine, die hier als Partner ihren Vetter Benno neben sich hat, gleichsam als Versucher, richtet von früh an ihren Sinn auf die Kunst, die sie dann auch als Malerin in Paris ausübt.

Ihre Heimat ist das kleine schlesische Brieg, ein Städtchen, das Lou Andreas-Salomé im November 1895 auf der Durchreise von St. Petersburg nach Wien zusammen mit ihrer Freundin Frieda von Bülow kennengelernt hat. Aber mehr in den Interieurs als in der Stadt selbst vollzieht sich das Schicksal. Es scheint bereits abgeschlossen zu sein, nachdem sie als Halbwüchsige »mit berauschter Zuversicht« ihrem Vetter Benno entgegenging und sich mit ihm verlobte. Aber durch den Tod ihres Vaters hat Benno gleichsam dessen Pflichten auf sich genommen – er, der Abhängige, löst die Verlobung auf, als Adine, ihr geheimes Künstlertum preisgebend, verkümmern mußte.

Worauf es aber hier ankommt, ist, daß in Benno, unter der Decke des Pflichtbewußtseins, die Liebe nicht erloschen ist, sondern als durch das Künstlertum Adines genährte Eifersucht verborgen weiterglüht.

Adine ahnt dies nicht, als sie, auf einen Brief Bennos eingehend, zu einem Besuch in ihre Heimat reist. Die Tragödie, die sich, Szene nach Szene, zwischen Adine, Benno und Adines Mutter vollzieht, sprengt den Rahmen einer Erzählung und macht doch gerade die Größe dieses Schriftwerkes aus. Benno steht im Blick auf Adine zwischen neugewonnener Liebesgewißheit und unvernichtbarer Eifersuchtsangst. Adine, in der jedes Empfinden vergangen ist, weiß sich nicht anders zu retten, als Benno seinem Eifersuchtsglauben zu überlassen.

Man würde dies Ende der ›Ausschweifung‹ nicht ertragen, wenn man nicht dessen gewiß sein könnte, daß die Liebesfülle, die in Benno lebt und die von ihm, dem Arzt, auf alle ihm Anhängenden ausstrahlt, ihr Ziel findet.

Anfang und Ende der Beichte ›Eine Ausschweifung‹ aber, die nicht als emanzipatorisch verstanden werden kann, schließen sich zusammen:

Dem Vertrauten – der kein Künstler ist – bekennt Adine am Anfang ihres Berichtes: ». . . mich hat eine lange Ausschweifung zu ernster und voller Liebe unfähig gemacht.« Und am Ende schreibt sie, sich an ihre Mutter wendend: »Benno ist gut . . . Bete du nur getrost weiter für sein Glück, und hilf ihm zu seinem Glück. Und für mich bete – ach bete, Mama, daß er unrecht behalte –!«

Das ist ein gleichsam offener Rahmen, nicht wie der eines »Kunstwerks«.

Das Verbindende aber zwischen den Erzählungen ›Fenitschka‹ und ›Eine Ausschweifung‹ ist die Erschütterung, aus der sie geschrieben sind.

Ernst Pfeiffer

Weitere Titel aus der Reihe
›Die Frau in der Literatur‹

BARBARA ALBERTI
Böse Erinnerungen
Roman
Mit einem Nachwort von
Dagmar Türck-Wagner
Ullstein Buch 30287

UNICA ZÜRN
Der Mann im Jasmin
Mit einem Nachwort von
Ruth Henry
Ullstein Buch 30288

VITA SACKVILLE-WEST
Jeanne d'Arc
Die Jungfrau von Orléans
Mit einem Nachwort von
Rita Hortmann
Ullstein Buch 30290

ALPHONSE DAUDET
Sappho
Ein Pariser Sittenbild
Mit einem Nachwort von
Volker Wachenfeld
Ullstein Buch 30291

ELIZABETH VON ARNIM
Die sieben Spiegel
der Lady Frances
Roman
Mit einem Nachwort von
Annemarie Stoltenberg
Ullstein Buch 30292

ROSAMOND LEHMANN
Unersättliches Herz
Roman
Mit einem Nachwort von
Maria Mill
Ullstein Buch 30293

ERNA LI
Alte Dame Huang
Roman
Mit einem Nachwort von
Maria Mill
Ullstein Buch 30294

Wir schicken Ihnen gerne ausführliche Informationen über alle lieferbaren
Titel in der Reihe ›Die Frau in der Literatur‹. Postkarte genügt:
Ullstein Taschenbuchverlag, ›Die Frau in der Literatur‹,
Lindenstraße 76, 1000 Berlin 61.